浮雲心霊奇譚

白蛇(はくじゃ)の理(ことわり)

神永　学

浮雲心霊奇譚

白蛇の理

目次

白蛇の理

UKIKUMO
SHINREI-KITAN
HAKUJA NO KOTOWARI
BY MANABU KAMINAGA

本文デザイン……………坂野公一（welle design）
イラストレーション……アオジマイコ

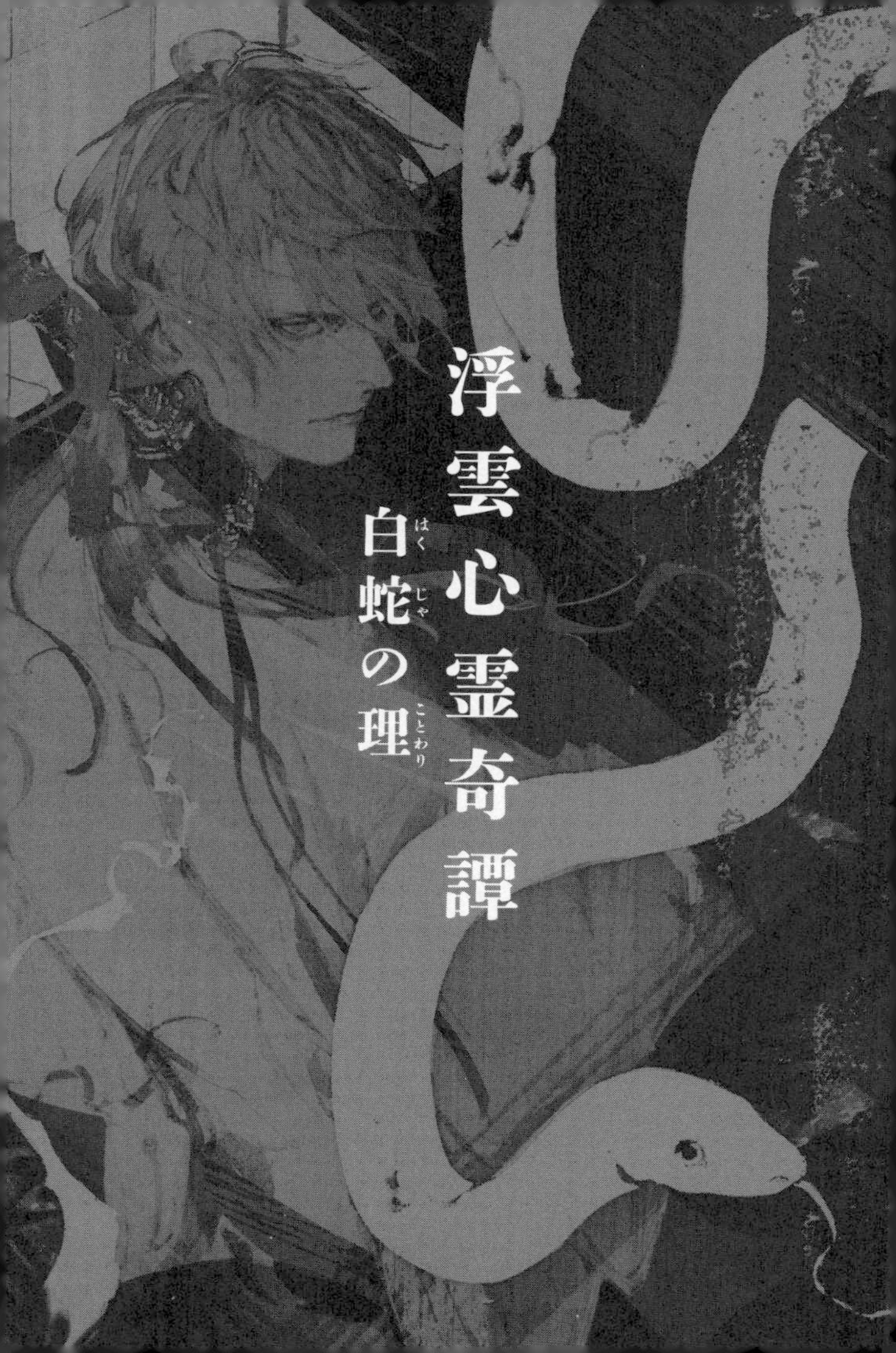
浮雲心霊奇譚
白蛇の理

◉登場人物

浮雲(うきくも)……廃墟(はいきょ)となった神社に棲(す)み着く、赤眼(せきがん)の〝憑(つ)きもの落とし〟。

八十八(やそはち)……古くから続く呉服屋の息子。絵師を志している。

萩原伊織(はぎわらいおり)……武家の娘。可憐(かれん)な少女ながら、剣術をたしなんでいる。

土方歳三(ひじかたとしぞう)……薬の行商。剣の腕も相当に立つ、謎の男。

玉藻(たまも)……色街の情報に通じる、妖艶(ようえん)な女。

宗次郎(そうじろう)……滅法腕の立つ少年剣士。

白蛇の理

UKIKUMO
SHINREI-KITAN
HAKUJA NO KOTOWARI

序

ざあっ――。

音を立てて雨が降り出した。

得意先に反物（たんもの）を届けに行った帰り道だ。

八十八（やそはち）は、着物の裾をたくし上げ、雨宿りのできる場所を探して走り出した。

地面を踏む度に、びしゃびしゃと泥水が飛び散る。

少し先に寺の門が見えた。

これ幸いと、八十八は門を潜（くぐ）り、寺の本堂の軒下に駆け込んだ。

それほど古くはないが、住職がずぼらな人なのか、廃寺になっているからなのか、庭には草木が生い茂り、荒れ放題になっていた。

着物はびしょびしょだし、草履も泥水でぐちゃぐちゃになっている。

夏の夕立ならともかく、秋の冷たさを帯びた雨だ。身体（からだ）の芯が冷えて、思わずくしゃみが出た。

見上げると、空は濁った雲に覆われていて、相変わらずざあっ——と音を立てて大粒の雨が降り注いでいる。

ピカッと稲光がしたかと思うと、ずどぉんと腹に響くような雷鳴が轟（とどろ）いた。

かなり近いところに、雷が落ちたようだ。

この調子だと、しばらく雨は止（や）みそうにない。

「参ったな……」

八十八は、ため息と共に漏らした。

得意先を出るときから、雲行きは怪しかった。「傘をお貸ししましょうか？」と言われたのだが、家に帰るまではもつだろうと楽観して断わってしまった。

やはり借りておけば良かった——と悔やんでみたものの、今さら手遅れだ。

しゅるしゅる——。

足許（あしもと）で音がしたかと思うと、ひんやりとした何かが触れた。

視線を落とした八十八は、ぎょっとなった。

足許を蛇が這（は）っていた。

ただの蛇ではない。

身体を覆う鱗（うろこ）が、まるで真綿のように白い蛇だ。

「わっ！」

八十八は思わず足を除（よ）ける。

白い蛇は、しゅるしゅると流れるような動きで叢（くさむら）を縫うように進み、寺の本堂の縁の下に潜（もぐ）って行った。

蛇は、昔から神の使いだと言われている。しかも、非常に珍しい白い色をしていて、寺に棲（す）んでいるのだとしたら、まさにさっきの蛇は、そうしたものかもしれない。

「お困りのようですね——」

不意に背後で囁（ささや）くような声がした。

八十八が、吃驚（びっくり）しながら振り返ると、すぐ後ろに一人の女が立っていた。

睡蓮（すいれん）の描かれた華やかな着物に、艶（あで）やかな化粧を施し、まるで浮世絵から飛び出して来たような、何とも美しい女だった。

寺の軒下に佇（たたず）むには、あまりに不釣り合いな気がする。

「風邪（かぜ）をひきますよ」

女は、切れ長の目をすっと細めながら八十八を見た。

「………」

八十八は、女の美しさに目を奪われ、返事をすることができなかった。

そんな八十八を見て、女は顎の下にある黒子に手をやりながら、ふふふっと柔らかい声で笑った。

「濡れたままで、こんなところにいては、風邪をひきますよ」

再び女が言った。

どういうわけか、女の声は、甘い香りがした。

「あっ、はい」

「どうぞ、中にお入り下さい」

女は、すうっと白い指で、寺の本堂の戸を指差した。

戸は、大きく開け放たれたままになっていた。

「いえ、しかし……」

八十八は困惑する。

この状況だ。建物の中に入れてもらえるのは有り難い。だが、雨を凌ぐ為に、寺の本堂に入るということは気が引けた。

それに――。

女の素性が知れない。

身なりからして、寺の人間というわけでもなさそうだ。

黒船の来航以来、攘夷だ何だと、何かと物騒な事件が起きている。相手が女とはいえ、簡単に信用してついて行っていいものだろうか？

「さっ、どうぞ。お身体が冷えてはいけません」

女は八十八の心中などお構いなしにそう告げると、さっさと本堂の中に入って行く。

ざあっ――。

ざあっ――。

相変わらず雨は降り続いている。

怖さはあった。

それなのに、なぜか、八十八の足は女のあとを追いかけていた。まるで、見えない何かに引っ張られているような感覚だ。

本堂に入ると、ぷつりと雨の音が止んだ。

薄暗い堂内には、燭台が一つ置かれていて、薄い明かりを揺らしていた。

その頼りない明かりに、本尊と思しき観音菩薩が照らされていた。その顔は、どことなくさっきの女に似ている気がした。

「あれ？」

八十八は首を捻る。

女の姿が見当たらない。

先に入ったのだから、本堂にいて然るべきなのに、どこを見回しても、その姿が見えない。

いったい、どこに行ったのだろう？　八十八の疑念を断ち切るように、バンッと音がして、闇が濃くなった。

振り返ると、本堂の戸が閉まっていた。

「どうかされましたか？」

耳許で声がした。

八十八は、ビクッと身体を震わせながら顔を向ける。いつの間にか、女が八十八のすぐ傍らに立っていた。

甘い香りが鼻腔をくすぐる。

「い、いえ……その……」

八十八はもぞもぞと口にしながら、ゆっくりと後退り、女と距離を置いた。

女は、そんな八十八を見て、赤い唇を歪め、艶やかな笑みを零した。

とくんっと音を立てて心臓が跳ねる。

女の笑みは美しい。美しいが、同時に恐ろしくもあった。

「そんなに怖がらないで下さい」

女は、柔らかい口調でそう告げると、すっと八十八に歩み寄る。

離れようと、さらに後退りした八十八だったが、戸に行く手を阻まれてしまった。

「わ、私は……」

何かを言おうとしたが、思うように言葉が出てこなかった。

「実は、あなた様にお願いが御座います」

女は切れ長の目を、真っ直ぐに八十八に向けると、息がかかるほどに顔を近付けてきた。

甘い女の香りが、より強くなる。どういうわけか、考える力がどんどん失われていくような気がした。

「お願い？」

「はい。あるお方を捜して欲しいのです」

女はそう言った。

「誰を捜すのです？」

「ええ。この寺の住職だった、宗玄という方です」

——どういうことだ？

八十八は、困惑せずにはいられなかった。

どうして、この女は、寺の住職など捜しているのだろうか？　もしかして、その住職の縁者なのだろうか？　そもそも、なぜたまたま通りかかっただけの自分に、人捜しを頼むのだろう？

八十八の頭に、数多の疑念が浮かぶ。

しかし、女は八十八の心情などお構いなしに話を続ける。

「もちろん、只でとは申しません」

女は、わずかに俯き頭を振る。

「い、いや、私は……」

別に八十八は、金を欲しているわけではない。

しかし、女は話を続ける。

「生憎ですが、私には今、お金をお支払いすることができません」

女は、そう言って八十八に背を向けた。

八十八は、ふうっと息を吐く。どうやら、女に見られている間、ずっと息を止めていたらしい。

「ですから、お金の問題では……」

八十八が声をかけると、女は「分かっております――」と、囁くような声で言った。

いったい、何が分かっているというのだろう?

何だか、女との会話は、ちっとも噛み合っていないような気がする。

「お金の代わりといえば、これくらいしか御座いません――」

女はそう告げるなり、するすると着物の帯を解いていく。

はらりと鮮やかな色の帯が床に落ちた。

——え？

八十八が、驚いて固まっている間に、女の肩から着物がするりと滑り落ちた。

蠟燭の薄明かりの中、絹のような白い肌が露わになる。

「な、何を……」

八十八は、額に汗を浮かべながら、そう発するのがやっとだった。

「捜して頂くお礼で御座います——」

女は、そう言うなり八十八に身体を向けた。

丸みを帯びた女の裸体は美しかった——視線が吸い寄せられるが、八十八はそれを断ち切るように顔を逸らした。

「お礼を求めているわけでは……」

八十八はもぞもぞと言う。

そもそも、人捜しを引き受けると言っていないにもかかわらず、お礼などと言われても困る。

それに——金の代わりに、身体を差し出されるのも困る。

「まだ、女を知らないのですね」

そう言いながら、女が白い指で八十八の頬を撫でる。

ひんやりとした女の指の感触に、固まっていた身体には、余計に力が入る。

顔を逸らしているので、女の表情は見えない。だが、言葉の雰囲気から察して、笑っているようだった。

今、女が言ったように、八十八はまだ女を知らない。

十六という年齢(とし)では、遅いというほどでもないから、恥じ入るようなことではないはずなのに、どうにも自分が情けなく思えてしまった。

「よいのです。私めが、あなた様に女を教えて差し上げます」

女は、八十八の耳許で囁いた。

甘い息が耳にかかり、八十八は背筋がぶるっと震えた。

全身の力が抜け、そのまま倒れてしまいそうになったところで、青白い光が本堂を照らした。

間(ま)を置いて、ゴロゴロロッと大気を震わせるような、雷の音が響き渡る。

その瞬間、八十八は、はっと我に返った。

ここに留(とど)まっていたら、取り返しのつかないことになる。そんな強い思いに襲われた八十八は、女に背を向け、本堂の戸を開けると、そのまま一気に駆け出した。

自分でも、よく分からない叫び声を上げながら、雨の中をただ必死に走った――。

頭の中には、一瞬目にしただけの女の裸体がこびりつき、振り払おうとしたが、そうすればするほど、鮮明になっていくような気がした。

そんな状態だったので、どこをどう走ったのか、自分でもよく分からなかった。気付いたら、ずぶ濡れで家に帰っていた。

姉のお小夜（さよ）が、八十八の姿を見て、しきりに心配していたが、詳しい事情を話す気にはなれず、着替えを済ませて、さっさと自分の部屋に籠もった。

布団に横になり、目を閉じると、やはりあの女の裸体が浮かび上がってくる。

初めて目にする女の裸体に、酷（ひど）く動揺した。

だが、こうして改めて思い浮かべると、その白く、なだらかな曲線を描いた裸体は、八十八がこれまで見たどんなものより美しかった。

——何と不埒（ふらち）なことを！

八十八は自らを叱咤（しった）し、膝を抱えて丸まるようにして眠りについた。

その夜——。

夢を見た。

それは奇妙な夢だった。

八十八は、暗い寺の本堂に立っていた。

観音菩薩像が鎮座している。今日、雨宿りしたあの寺だ——。

本堂の柱に、白い紐（ひも）のようなものが巻き付いていた。

よく見ると、それは紐ではなく蛇だった。

白い蛇が、柱に身を巻き付け、首だけもたげ、ちろちろと二つに割れた舌を出し入れしながら八十八をじっと見ている。

冷たい視線に搦め捕られ、八十八は動くことができない。

――お願いが御座います。あるお方を捜して欲しいのです。

淫靡な響きを持つ声がした。

それは――あの女の声だった。

ふと見ると、いつの間にか、柱だと思っていたものが、人の姿だったことに気付く。

それは、あの女だった。

衣服は着けていない。

裸の女の身体に、白い蛇が巻き付いていたのだ。

――どうか。どうか。お願い申し上げます。

蛇を巻き付けたまま、女が言った。

八十八は、自らの悲鳴とともに目を覚ました。

一

八十八は、古い神社の前に立った——。

鳥居の塗りは剝げ、狛犬は苔に塗れている。雑草が生い茂った先にある社は、傾きかけていて、今にも崩れそうだ。

八十八がこの場所に足を運んだのは、ある男に会う為だ。

名を、浮雲という。

本名ではない。訊いても名乗らないので、八十八がつけた呼び名だ。

浮雲は、憑きもの落としを生業としていて、ずいぶん前から放置されているこの神社の社を、勝手に根城にしている。

手癖が悪く、色を好み、年中酒を吞み、おまけに毒舌ときている。およそ褒めるべきところなどないのだが、憑きもの落としとしての腕だけは一流だ。

八十八は、昨日の出来事を心霊怪異の類だと考えていた。そのことについて、浮雲に相談してみようと思い立ったのだ。

だが、いざ来てみると迷いが生まれて足を止めてしまった。

夢を見たことも含めて、奇妙な出来事ではあったのだが、それが本当に心霊怪異なのかと問われると、あまり自信がない。

浮雲に「勘違いだ」と吐き捨てられるかもしれない。

いや、八十八が踏み出せない本当の理由は、あの女のことが頭にあるからだろう。

色を好む浮雲に話をすれば、間違いなく、抱いた、抱かないの話になり、からかわれることが目に見えている。

――やっぱり、止めておこう。

八十八が引き返そうとしたところで、「八！」と声がかかった。

「浮雲さん――」

見ると、標縄の張られた杉の木の脇に立つ、浮雲の姿があった。

髷も結わないぼさぼさの髪に、白い着物を着流している。肌の色は、着物の色よりなお白い。

真っ直ぐに八十八に向けられた双眸は、まるで血のように鮮やかな赤に染まっている。

八十八などは、美しいと思ってしまうのだが、世間はそうは思わないというのが浮雲の主張だ。

浮雲の双眸は、ただ赤いだけではなく、死者の魂――つまり幽霊を見ることができる。

修練を積んで身につけたものではなく、生まれもっての体質らしい。それを活かし、浮雲はこれまで数々の心霊事件を解決に導いてきた。

八十八が浮雲と出会ったのも、姉のお小夜が幽霊にとり憑かれるという事件がきっかけだった。

それ以来、何かと縁があり、何度も一緒に心霊事件にかかわることとなっている。

「そんなところに突っ立って、何をしている?」

浮雲は、そう訊ねながら、着物の前を広げると、そのまま杉の木に向かってじょぼじょぼと小便を始めた。

「なっ! 浮雲さんこそ、何をしているんですか!」

「何って、放尿に決まっているだろうが」

浮雲は自慢でもするような口調で言う。

「何を偉そうにしているんですか。罰当たりですよ」

八十八は、半ば呆れながら口にする。

「罰?」

「御神木に放尿など、罰当たりに決まっているじゃないですか」

「おれは、御神木に肥やしをやってんだ。罰なんか当たるわけねぇだろ」

「小理屈です」

「細かいこと言うな。だいたい、こんな寂れた神社で、御神木もクソもあるか」

放尿を終えた浮雲は、一物をしまい、着物の前を正す。

何だか、まともに相手をしているのが、莫迦らしく思えてきた。

「で、今日は何の用だ?」

浮雲に問われて、八十八は咄嗟に言葉が出てこなかった。

自分の身の上に起きた出来事を、話すべきか否か、まだ判断がつかなかった。口は閉ざしていたものの、浮雲は、八十八の表情から何かを察したらしく、尖った顎に手を当てて「ほう」と声を上げた。

何だか見透かされているような気がして、どうにも居心地が悪い。

「何が、ほう――なのですか？」

「武家の小娘と、何かあったようだな」

浮雲が言う「武家の小娘」とは、萩原家の娘、伊織のことだ。

伊織とは、ある心霊事件をきっかけに知り合い、それ以来、武家の娘でありながら、八十八のような町人にも、分け隔てなく接してくれている。

浮雲は、八十八が伊織に惚れていると思い込んでいて、何かというとその話題を持ち出しては冷やかしてくる。

伊織は、とても可愛らしい。それでいて、剣術をたしなんでいて、構えを取ったときには、思わず見惚れるほどの美しさがある。

だが、八十八は伊織に惚れてなどいない。

嫌いということではなく、伊織は武家の娘なのだ。八十八のような町人とでは、惚れた腫れたの話にはなりようがない。

あまりに身分が違い過ぎるのだ。

それに、今回の一件に、伊織はまったく関係ない。

「違いますよ」

「違う？　本当か？」

「そう言ってるじゃないですか」

「おかしいな」

「何がです？」

「お前の顔は、恋をしたって顔だ」

浮雲が意味深長な笑みを浮かべる。

本人が色を好むだけあって、何かというと、そういう方向に話をもっていきたがる。正直、うんざりする。

「勝手に決めつけないで下さい！」

「じゃあ何だ？」

浮雲にそう問われたものの、八十八は思わず言葉を呑み込んだ。

やはり、浮雲に昨日のことを話すのは止めておこう。今の伊織のことでも分かるように、からかわれるだけだ。

「何でもありません」

八十八は、踵（きびす）を返して歩き出した。

が、すぐに浮雲に「待て！」と声をかけられた。

振り返ると、浮雲が眉間に皺を寄せながら、赤い双眸で睨むように八十八を見ている。

辺りの空気が、ずんっと重くなった気がする。八十八は金縛りにでもあったような気がした。

「お前――何を連れている？」

浮雲が重苦しい沈黙のあとに、低い声で言った。

「連れている？」

八十八が首を傾げると、浮雲がため息を吐いた。そして――。

「足許を見てみろ」

言われた通りに足許に視線を落とす。

そこには――。

蛇がいた。

真っ白い蛇が、叢の中から、鎌首をもたげてじっと八十八を見ていたのだ。

「ひっ！」

八十八は、声を上げるのと同時に腰を抜かした。

二

八十八は、神社の社の中にいた。

昨日のことを、思い切って浮雲に話して聞かせたのだ。

浮雲は、いつものように壁に寄りかかり、片膝を立てた姿勢で座り、盃(さかずき)の酒をちびちびと呑みながら、退屈そうに耳を傾けている。

だが、八十八の方はどうにも落ち着かない。

今は姿が見えないが、さっきの蛇に、まだ見られているような気がしていた。

「何を、そんなにびくびくしている?」

浮雲が、盃の酒をぐいっと呑み干してから問いかけてくる。

「何をって……。話を聞いていなかったのですか?」

「聞いていたさ」

「でしたら、怯(おび)えている理由も分かると思います」

「裸体の女を見て、なぜ怯える必要がある?」

浮雲は、赤い双眸を細めて八十八を見据えた。

なんとも艶(なま)めかしい視線だった。

浮雲のような女好きなら、相手が人であろうと幽霊であろうと、鼻の下を伸ばすのかもしれないが、八十八はそうはいかない。

「そういうことではありません」

「ここまでくると、初心というより阿呆だな」

「何とでも言って下さい。とにかく、私は困っているのです」

八十八が、そう訴えると、浮雲は呆れたようにため息を吐いた。

「八は、その女を抱いたのか？」

いきなり浴びせられた質問に、八十八はぐっと身体を固くした。

「どうして、そういう話になるんですか？」

八十八が口を尖らせて言い返す。

浮雲は、何かというと、こういう下世話な話にもっていく。今は、八十八が女を抱いたか否かは関係ないはずだ。

「どうしても、こうしてもあるか。大事なことだから訊いてやってるんだろうが」

浮雲は、不機嫌そうに言いながら八十八の頭を小突いた。

「痛っ……」

「いいか。もし、お前が女を抱いていないのなら、相手が人であろうが、幽霊であろうが、頼みごとを聞いてやる義理はねぇ」

「はぁ……」

「だから、大事なことなんだよ。お前は、女を抱いたのか？」

「何もしていません」

八十八がきっぱりと言うと、浮雲はふっと息を漏らして笑った。

「だったら無視すればいい」

理屈はそうなのだろうが、どうにも居心地が悪いのも事実だ。

妙な夢のこともそうだし、さっきいた白い蛇も、ただの偶然とは思えない。本当に、このまま放置しておいていいものなのか？

八十八が強く言い募ると、浮雲は頭を抱えるようにしてため息を吐いた。

「まったく……。どうせ、つきまとわれるなら、抱いておけば良かったものを……」

「いや、今はそういう話をしているのではありません」

「そういう話だよ。どうやら、向こうは、願いが叶えられるまで、お前につきまとうつもりらしい」

浮雲は、そう言って八十八の背後にある社の格子戸を指差した。

振り返って目を向けると、そこには——。

蛇がいた。

白い蛇が、戸の隙間から首を出し、じっとこちらを見ていた。

「ひゃっ！」

八十八は思わず声を上げて飛び退く。

白い蛇は、するすると身をくねらせて、戸の隙間から社の中に入って来ると、そのまま八十八の許に滑り寄って来る。

逃げてはみたものの、狭い社の中だ。すぐに隅に追い込まれてしまった。

首をもたげた蛇が、二叉の舌をちろちろと出し入れしながら、八十八を見ている。

あまりの恐ろしさに、八十八の額からどっと汗が流れ出した。

蛇は、そんな八十八を嘲笑うかのように、するすると足に巻き付いてきた。蛇のひんやりとした感触に、全身が粟立つ。

「邪魔だ。どけ」

ぼやくように言ったのは、浮雲だった。

浮雲は、脇に置いてあった金剛杖を手に取ると、その先端で蛇の頭をとんっと軽く突いた。

その途端、蛇は八十八の足を離れ、床板の隙間に潜って社を出て行った。

「まったく。お前は、厄介なものを引き寄せる」

浮雲が、うんざりしたような口調で言う。

「わ、私は……」

「お前が見た女ってのは、遊女のように着飾った女か？」

「あっ、はい。そうです……」

「顎の下に黒子があるな」

「ええ。なぜ、知っているんですか？」

八十八が、驚きとともに問うと、浮雲が口の端を下げて苦い顔をした。

「さっきの白い蛇——あれには、今言った女の幽霊がとり憑いている」

「なっ！」

八十八は、驚きのあまり息が詰まった。

「ど、どういうことなのですか？」

しばらくの沈黙のあと、ようやく八十八は絞り出すように言った。

「何を素っ惚けたことを言っている？」

浮雲は、ガリガリとぼさぼさの頭をかく。

「え？」

「おれには、幽霊が見えるんだよ」

それは知っている。つまり——。

「今、その幽霊がここにいた——ということですか？」

「まあ、似たようなもんだ」

「ちゃんと説明して下さい」

「だからさ。さっきの白い蛇に、その女の幽霊がとり憑いていたんだよ」

浮雲は、軽く舌打ちをしたあと、蛇が逃げ込んだ床板の隙間に眼を向けながら言った。

「そ、そうだったんですか……」

八十八は、驚きながら口にしつつも、頭の中では、そうであろうと察していた部分がある。

ただ、それを認めるのが恐ろしかっただけのことだ。

「お願いです。助けて下さい」

八十八は、改めて浮雲に懇願した。

今のところ、八十八の身に何か起きたというわけではないが、このままいけば、近いうちにかならず、良からぬことが起きるという予感がした。

具体的に、それを説明することはできないが、自分の中にある何かが壊れてしまう。

そんな漠然とした予感だ。

しばらく黙っていた浮雲だったが、やがて諦めたようにため息を吐いた。

「仕方ねぇな。やれるだけ、やってみよう」

「ほ、本当ですか？」

八十八は、ずいっと身を乗り出す。

「取り敢(あ)えずは、お前が見たって女の人相を絵に描け」

「どうしてです？」

八十八は、絵師を志している。似顔絵を描くにやぶさかではないのだが、浮雲がどうしてそんなものを欲しがるのかが分からない。

浮雲は、その赤い双眸で女の幽霊の顔を見ているはずだ。

八十八は、そう口にしてみたが、浮雲は「いいから描け――」の一点張りだった。

仕方なく八十八は、持っている画材を広げて、女の幽霊の絵を描き始めた。

顔だけを描くつもりだったが、どういうわけか、その裸体までもが鮮明に頭に浮かんでしまった。

八十八が、思わず顔を赤らめるのを見て、浮雲が意味深長ににやりと笑ってみせた。

三

八十八は寺の前に立った――。

昨日、女と会ったあの寺だ。

こうやって明るい中で改めて見ると、荒(すさ)み放題で、廃寺になっていることが、ありありと分かった。

「ここか？」

隣に立つ浮雲が声を上げた。

八十八は、「はい」と応じながら、浮雲に目を向ける。

神社にいたときとは違い、両眼を隠すように赤い布を巻き、金剛杖を突いて盲人のふりをしている。

そうやって、赤い瞳を隠しているのだ。

確かに、赤い両眼を隠すことはできるが、それを覆う赤い布には、墨で眼が描かれている。

あまりの異様さに、余計に目立っているような気がするが、当の浮雲は気にしている様子がない。

「さて——行くか」

浮雲は平然と言うと、本堂に向かって歩き出した。

「ちょ、ちょっと待って下さい」

八十八は、慌てて浮雲に追いすがる。

「何だ？」

浮雲が、迷惑そうに顔を歪める。

「本当に行くのですか？」

「当たり前だ。行かなければ、何も始まらんだろう」

「それは、そうなのですが……」

八十八は言い淀んでしまう。

浮雲の憑きもの落としの方法は、他とは少しばかり異なっている。

お札を貼ったり、経文を唱えたりはしない。

幽霊が現世を彷徨っているのには、何かしらの原因がある。その原因を見つけ出し、取り除くことで、幽霊の未練を断つという手法をとっている。

今回の一件においても、女の幽霊が何者で、なぜ彷徨っているのか——その原因を見つけ出すことから始めなければならない。

寺に足を運んだのも、そうした理由からだ。

それは分かっているのだが、やはり怖いという思いが先に立ってしまう。

「ごちゃごちゃ言ってねぇで、覚悟を決めろ。じゃねぇと、お前の命にかかわるかもしれんぞ」

浮雲が、布に描かれた眼で八十八を見据える。

その迫力に、八十八は思わず息を呑む。赤い双眸より、描かれた眼の方が、恐ろしいと感じてしまうのはなぜだろう。

浮雲は、八十八の返事を待つことなく、再び歩き始めた。

あまり気乗りはしないが、ここで突っ立っていても、何も始まらない。八十八は、引き摺られるように浮雲のあとに続いた。

「女に声をかけられたのは、どのあたりだ？」

浮雲に問われ、八十八は「あそこです」と、本堂の軒下を指差した。

あの瞬間の光景が目に浮かび、背筋がぞわっとした。が、同時に、別の感情が浮かんでいるのも事実だった。

「そのあと、中に入ったんだな？」

「はい」

「入ってみるか」

浮雲は軽い調子で言うと、金剛杖を肩に担ぎ、本堂の戸を開けて中に入った。八十八も、そのあとに続く。

薄い光に照らされた本堂は、しん――と静まり返っていた。

昨日は、慌てていて気付かなかったが、床には埃が溜まり、板もだいぶ傷んでいて、ぎしぎしと音を立てている。

本尊である観音菩薩には、蜘蛛の巣がかかっていて、長い間放置されていたことが分かる。

浮雲は、するすると眼を覆っていた布を外して、赤い双眸を晒すと、本堂をぐるりと見回す。

八十八には、これといって変わったものは何も見えない。

だが、浮雲は違う。その赤い瞳には、八十八とは違った何か——が見えているはずだ。

「何か見えましたか？」

八十八が問うと、浮雲は小さく頭を振った。

「何も。ただ……」

「何です？」

「臭いが気になる」

浮雲がくんくんと鼻をひくつかせながら言う。

「臭い？」

言われてみると、魚のような生臭い空気が漂っている気もする。

「おそらく、これは血の臭いだ」

「ち、血の臭い！」

八十八は、思わず口と鼻を手で塞ぎ、息を止めた。

「いちいち大げさに騒ぐな」

吐き捨てるように言ったあと、浮雲は本尊の前まで歩いて行く。

「ほう」

と、感心したような声を上げたあと、屈み込んで、何かを確かめるように、そっと指先で床を撫でた。

「何かあったのですか？」

八十八は訊ねてみたが、何も聞こえていないのか、答える気がないのか、浮雲は無言のまま立ち上がった。

浮雲は、そのまま戸口の前まで移動したところで、ふと足を止める。

「軒下でも、白蛇を見たんだったな」

独り言のように浮雲が言う。

「はい」

「その白蛇は、どこに行った？」

「縁の下に潜って行きました」

「なるほど――」

浮雲は、何かに納得したように、尖った顎に手を当てる。

口には出さないが、この素振りからして、浮雲は既に何かを摑んでいるようだった。

「あの――なぜ白蛇なんですか？」

八十八が訊ねると、浮雲がくるりと振り返り、左の眉をぐいっと吊り上げた。

「なぜ、女の幽霊は白蛇にとり憑いたんでしょう？」

八十八が改めて訊ねると、浮雲は考えるように、視線を宙に漂わせる。

「昔から、白蛇ってのは幸運を表わすものだと言われている」

「そうですね」

その話は、八十八も耳にしたことがある。

蛇というのは、神聖なものだとされ、中でも白い鱗を持った蛇は、特別なものだと考えられている。

「海の向こうには白蛇伝という伝承があるのを知っているか？」

浮雲が、急に話の方向を変えた。

「白蛇伝？」

「そう。人間の男に恋をした白蛇が、その想(おも)いを遂げる為に、人間に化けて近付く。だが、後にそのことがばれて、退治されるって話だ――」

「酷い」

八十八は、思わず口にした。

「何が酷いんだ？」

「だって、その白蛇は、ただ恋をしただけなのですよね？　殺される道理はありません」

その男を丸呑みにしたのであれば、退治されるのも致し方ないが、ただ恋をしただけなのだ。

何がおかしいのか、浮雲は口許を緩めて笑みを浮かべた。

「お前は、面白い男だ」

「別に面白いことを言ったつもりはありません」

「そういうところが、面白いと言っている」

「はあ？」

何を言わんとしているのか、八十八にはさっぱりだ。

「そんなお前だからこそ、あの女につきまとわれているのかもしれんな」

浮雲は、一人納得したように何度も頷く。

全てが分かった風な言い回しだ。当事者である、八十八が何も知らないのは、どうにも腑に落ちない。

「どういうことです？」と訊ねてみたが、浮雲は「それが理だ――」とはぐらかすだけだった。

浮雲は、そのまま赤い布で両眼を覆うと、本堂を出て行ってしまった。

八十八は、訳が分からないままそれに付き従う。

山門を潜ったところで、浮雲が「おい」と声を上げた。

八十八に言ったのではない。たまたま、近くを通りかかった男に声をかけたのだ。

四十がらみの男で、身なりからして商人だろう。

「何でしょう？」

男は浮雲の風貌に、一瞬ぎょっとした表情を浮かべたものの、足を止めた。

「この辺りの者か？」

「ええ。松野屋の番頭です」

男は商人らしく、愛想良く答える。

「そこの寺について訊きたいんだが……」

浮雲が口にすると、男は「ああ」と声を出しながら苦い顔をした。

「あの寺は、いつから放置されているんだ？」

「正確なとこは覚えちゃいませんが、たぶん二、三年前だと思いますよ」

「どうして、放置された？」

「住職がいなくなったんですよ」

「いなくなった？」

「ええ。ある日、突然、ぷっつりと姿を消しちまったんです」

男の言葉に、八十八は違和を覚えた。

寺の住職ともあろう者が、ある日、突然に姿を消すなんてことがあるだろうか？

浮雲も、そのことが引っかかったらしく、「どうして、突然いなくなったりした？」

と男を問い詰める。

「何ででしょうね？　私にも、さっぱり分かりませんよ」

男は、苦笑いとともに言う。

が、その口ぶりは、何か含んでいるようだった。浮雲もそれを察したらしい。

「何か知っていそうだな？」

浮雲が、ずいっと男に詰め寄る。

「し、知りませんよ」

「本当か？」

「本当ですって」

「おれは、憑きもの落としを生業としている。お前のことを呪い殺すことだってできるんだぜ」

浮雲が、男の肩を抱きながら囁くように言った。

効果覿面(てきめん)だったらしく、男は「ひっ」と短い悲鳴を上げる。

「知ってることを話せよ」

浮雲が促す。

「あっ、いや、その……私が言ったなんて、他で言わんで下さいよ」

「もちろんだ」

「いやね。住職がいなくなる少し前から、あの寺には女がいるって噂があったんですよ」

「寺に女？」

「ええ。私は、直接見てませんけど、見たって奴が何人かいて……」

「それで？」

「住職が姿を消したあと、あんたたちと同じように、寺のことを聞き回っている連中がいたんですよ。おそらく、女に関係していたんじゃないかって話になったんです」

「そいつらは何者だ？」

浮雲が問うと、男は言いにくそうに辺りに目を配る。

「あんまり、かかわり合いたくないんですよね」

「仕方ねぇな」

浮雲は、袖から銭を取り出し、それを男に握らせる。

握らされた銭を確認するなり、男がにやけた表情を浮かべた。そのあと、浮雲に何やら耳打ちをした。

「なるほど――」

話を聞き終えた浮雲は、大きく頷いてみせる。男は「では、これで――」と、足早に歩き去って行った。

八十八だけが、話についていけずに取り残された恰好だ。

「いったい、どういうことなんです？」

そう問いかけてみたが、浮雲は墨で描かれた眼で八十八を一瞥しただけで、何も答えようとはしなかった――。

四

八十八は、自室の布団で横になっていた――。

障子越しに、月の冷たい明かりが差し込んできている。

あのあと、浮雲は何も語ろうとはせず、「少し調べることがある――」と、さっさと立ち去ってしまった。

残された八十八は、どうしていいのか分からず、一人家に帰って来たというわけだ。

一度は、日課である絵を描こうと文机に向かってみたものの、集中することができずに、結局、途中で止めてしまった。

食事もほとんど喉を通らず、こうして部屋に引きこもって横になっている。

姉のお小夜は、身体を壊したのではないか――と大層心配して、何度も顔を出したが、本当の理由を口にするのは、どうにも気が引けて、絵のことで悩んでいるのだと適当な言い訳で誤魔化(ごまか)した。

ため息を吐きつつ、頭の中で、これまでのことを整理してみる。

八十八が昨日出会った女は、幽霊とみてほぼ間違いないだろう。幽霊となって現われたということは、あの女はもう死んでいる。

女は八十八に、宗玄という、あの寺の住職を捜して欲しいと頼んできた。その代償として、自らの身体を捧(ささ)げる——とも。

なぜ、女はそうまでして、住職である宗玄を捜しているのだろう？

思いを巡らせているうちに、ある考えに行き当たった。

もしかしたら、あの女は、宗玄に殺されたのではないだろうか。そして、その恨みを晴らすべく、宗玄を捜している。

もし、そうだとすると、色々と筋が通るような気がする。

寺の住職であった宗玄が、忽然(こつぜん)と姿を消したのも、女を殺し、そのことが明るみに出ることを恐れたからだ。

つまり、あの女は、憎しみに捉(とら)われている。

辻褄(つじつま)は合っているはずなのに、どうにも心はすっきりしなかった。

八十八の中には、何か妙な引っかかりのようなものがある。具体的に、それがどういうものなのか、自分でも説明できない。

八十八は「はぁ」と息を吐きながら、ごろんと寝返りを打った。

終わりなく、考えを巡らせているうちに、八十八は眠気に誘われた。

不思議な感覚だった。眠るまいとするほどに、意識がどんどんと遠のいていく。

疲れが溜まっているのだろうか？

起きなければ――。

暗闇の中で、ぼんやりとそんなことを考えた。

耳許で、しゅるしゅるっと、何かが擦れるような音がした。

最初は気のせいかと思った。

ところが。

しゅるしゅる――。

また音がして、腕に、ひんやりとした何かが触れた。

しゅるしゅる――。

その冷たい何かは、音とともに次第に顔の方に移動してくる。

――何だろう？

八十八は、夢現の狭間で瞼を開けた。

「わっ！」

八十八は、思わず声を上げながら立ち上がった。

蛇が――。

白い蛇が、じっと八十八を見上げていた。

「あっ……」

怖さのあまり、がたがたと膝が震えた。

蛇は、それを知ってか知らずか、八十八の足にしゅるしゅると巻き付こうとする。

八十八は、慌てて足をどけた。

しかし、その拍子に体勢を崩して、後ろ向きに倒れてしまった。

壁に頭を打ち付ける。

痛みを堪えながら、目を向けると、さっきまでいたはずの蛇が、忽然と消えていた。

もしかしたら、夢現の中で、幻を見ていたのかもしれない。あんな体験をしたあとだし、無理からぬことだ。

そう自分を納得させた八十八だったが、すぐ脇で、異様な気配を感じた。

――見てはいけない。

そう思っているにもかかわらず、何か強力な力に引き寄せられるように、八十八の頭が自然と横に向く。

女が――。

あのとき、寺で出会った女が、八十八のすぐ横に座っていた。

妖しげな笑みを浮かべながら、切れ長の目で、じっと八十八を見ている。

大声を上げようとしたが、喉が詰まって音にはならなかった。

「……いかな……下さいまし……」

女が、赤い唇で囁くように言った。

はっきりと、聞き取ることはできなかった。

「ひっ……」

八十八は、這いつくばるようにして逃げだそうとしたが、どういうわけか身体が動かなかった。

女は、笑みを引っ込め、何とも哀しげな顔をすると、すうっと手を伸ばして、八十八の頬に触れた。

冷たい指の感触に、八十八の身体は一層固くなって、息をすることすらできなかった。

女は、ずいっと八十八の耳許に顔を近付ける。

甘く芳潤な香りがした。

目がくらくらする。

「どうか。置いて行かないで下さいまし――」

女が、淫靡な響きのある声で言った。

いったい、何を言っているんだ？　置いて行くなとは、どういうことだ？　このまま、この女と一緒に暮らせとでも言うのだろうか？

女の指が、八十八の首筋を這う。

ぞわぞわっと肌が粟立った。が、それは恐怖からくるものではなかった。もっと別の何か——。

女の赤い唇が動いた。

何を言っているのかは、分からなかった。

逃げようとしたが、そうはさせまいと、女の腕が絡みついてきて、腹を腕をまさぐっている。

身体の底がかっと熱くなった。

目の前が、どんどんと白くなり、何も見えなくなった。

ただ、女の肌の感触が身体を這っている。

——嫌だ。

八十八は、固く目を閉じると、精一杯の声で「わぁ！」と叫んだ。

一度、声が出ると、これまで固まっていたのが嘘のように、叫びが止まらなくなった。

「八十八！」

声とともに、誰かが部屋に飛び込んで来た。

それでも、八十八は叫び続けた。

「しっかりして。何があったの？」

肩を大きく揺さぶられてようやく、部屋に入って来たのが姉のお小夜であることに気付いた。

「どうしたの？」

お小夜がもう一度問う。

「蛇が……女が……」

八十八は、そう言うのがやっとだった。

「何を言ってるの？　蛇と女がどうしたの」

お小夜に言われて目を向けると、蛇も女も、すでに姿を消していた。

それどころか、さっきまで夜であったはずなのに、部屋には陽の光が差し、明るくなっていた。

――あれは、夢だったのだろうか？

いや、違う。頬には、女に触れられた感触が、確かに残っていた。

五

八十八は、浮雲が根城にしている神社を訪れた――。

もう耐えられない。

昨晩の出来事が、頭の中にこびりついて離れない。こんなことが続けば、いつか自分は壊れてしまう。

これまで、数々の心霊事件にかかわってきた。何度か幽霊を目にしたこともあるが、こんな風に、自分自身がつきまとわれたのは初めてのことだ。

心霊事件を相談に来た者たちは、こんな恐ろしい思いをしていたのか——と、今さらのように思い知った。

「おはようございます——」

八十八は、声をかけながら、傾きかけた社の戸を開けた。

しかし——。

空っぽだった。

浮雲の姿はどこにもない。

また放尿か脱糞かと思ったが、社の中には、いつも使っている瓢や金剛杖もなかった。

どうやら、出かけているらしい。

そのうち帰って来るだろうと、しばらく待ってみたが、浮雲は一向に戻っては来なかった。

こんな大変な思いをしているというのに、浮雲はどこで何をしているのだろう?

昼間から呑気に酒でも呑んでいるのではあるまいか？

——まさかな。

心の内で打ち消してみたが、同時に、浮雲ならそういういい加減なこともやりかねないという思いも芽生えた。

そう思うと、いても立ってもいられず、八十八は社を後にして、浮雲がよく出入りしている居酒屋、丸熊に向かうことにした。

とぼとぼと道を歩いていると、自分の足音の他に、何か別の音がすることに気付いた。

ずるっ、ずるっ——。

何かを引き摺るような音だ。

八十八は、ぴたりと足を止める。

それと同時に音も止んだ。

再び歩き出すと、また、ずるっ、ずるっ——という音がついて来る。足で何かを引き摺っているわけではない。

明らかに、何かが八十八のあとをつけて来ている。

振り返ろうとしたが、すぐに思い直した。

振り返った先に、あの白い蛇がいたら——そう思うと、確かめることが、途轍もなく恐ろしいことのように思えた。

八十八は、逃げるように駆け出した。

そのまま一目散に丸熊に向かい、勢いよく油障子を開けた。

「八。そんなに慌ててどうした？」

丸熊の亭主の熊吉が、不思議そうに首を傾げながら訊ねてきた。

熊吉は、名前の通り、熊のような風貌をした男だが、情に厚く、八十八が幼い頃は、よく遊んでくれた。

馴染みの顔を見たことで、ふっと力が抜けて、その場に座り込んでしまいそうになるのを、何とか堪えた。

「どうした？　青い顔をして……」

熊吉が顔を覗き込んでくる。

事情を話すべきかどうか迷った末、結局、八十八は口にしないことにした。

ここで、いきなり幽霊の話をしたところで、熊吉も困るだけだろう。それよりも――。

「ここに、浮雲さんは来ませんでしたか？」

八十八が訊ねると、熊吉は「いや。今日は見てないぜ」と返事を寄越す。

「そうですか。分かりました。もし、来たら、私が捜していると伝えて下さい」

八十八は、そう告げてから丸熊を出た。

油障子を閉めたところで、八十八はふうっと息を吐き、空を仰ぐ。

抜けるような青い空の中、雲が一つ浮かんでいた。

――これから、どうしたものか？

歩き出したものの、八十八は途方に暮れていた。

早く、この状況から抜け出したいのだが、頼りの浮雲がいないのでは、どうすることもできない。

――参ったな。

頭を抱えたところで、「八十八さん――」と、急に声をかけられた。

蛇と女の幽霊とに悩まされていたせいで、神経が過敏になっていて、飛び上がらんばかりに驚きながら振り返る。

そこにいたのは、伊織だった。

剣術の稽古の帰りなのだろう。稽古着に、木刀を携えている。

年齢は八十八と同じで、丸顔の可愛らしい顔立ちをしている伊織だが、剣を持つとその表情が一変する。

顔だけでなく、纏う空気も凛と引き締まり、ぐっと美しさを増す。

「伊織さん」

八十八は、笑みを返したものの、どうにも引きつった表情になってしまった。

伊織は、そんな八十八の心中を敏感に察したらしく「何かあったのですか？」と、心配そうに訊ねてきた。

「あっ、いやその……」

八十八は、苦笑いを浮かべて視線を逸らした。

いっそ、伊織に幽霊の話をしてしまおうかと思ったが、女の裸体が頭を掠め、慌てて頭を振った。

ここで余計なことを言ったら、どんな誤解を受けるか分かったものではない。だがそもそも、なぜこれほどまでに、伊織に誤解されることを恐れているのだ？

浮雲が、惚れた腫れたの話をあまりにするものだから、変に伊織を意識してしまっている。

「八十八さん」

伊織が、急に八十八の腕を引っ張った。

──何だ？

困惑して顔を向けると、伊織が八十八の足許を指差した。

そこには──。

白い蛇の姿があった。

とぐろを巻き、鎌首をもたげて、威嚇するように大きく口を開けている。

日差しを受け、白い鱗がわずかに発光しているようにも見える。やはり、普通の蛇とは何かが違う。

「うわぁ！」

八十八は、驚きのあまり腰を抜かしてしまった。

伊織は、素早く木刀で、白い蛇の手前の地面を叩く。それに驚いたのか、白い蛇はするすると逃げて行った。

「八十八さんは、蛇が嫌いなんですね」

伊織が、笑みを浮かべながら手を差し出している。

八十八は、それを助けに立ち上がりながら、「いや、あの……」と、口籠もってしまった。

「何か理由がありそうですね」

伊織が、真摯な目で八十八を見据える。

そんな目をされたら、話さないわけにはいかなくなってくる。でも——。

六

八十八は、伊織と一緒に件の廃寺の前にいた——。

結局、伊織に促されるかたちで、八十八は自分の身の上に起きた心霊現象を話して聞かせることになった。

ただ、浮雲のときとは違い、女が裸体を晒し、関係を迫ってきたことは口にしなかった。

伊織にそういう話をするのは、気が引けたというのが大きな理由だが、同時に、あらぬ誤解をされたくないという思いもあった。

別に、伊織と恋仲ではないのだから、そんなに気にする必要もないのだが、それでも口にすることはできなかった。

話を聞き終えたあと、伊織は「その寺に行ってみましょう。何か分かるかもしれません」と八十八を誘った。

本音を言えば、行きたくはなかったのだが、伊織にそう言われては、断わるわけにもいかない。

かくして、二人揃って寺の前に立ったのだった。

「このお寺でしたか……」

伊織は、しげしげと寺を見つめながら口にした。

「何かご存じなのですか？」

「それほど詳しくはありませんが、住職が姿を消したと噂になっていましたから」

「その理由は、分かりますか？」

「女の人と逃げた――というような話は聞いたことがあります」

「女と?」

「ええ。もしかしたら、八十八さんが見た女の幽霊というのは、住職と逃げた女の人かもしれませんね」

伊織の言うように、住職と女が逃げたということも考えられなくもない。

ただ、その場合、どうしても引っかかる部分がある。

「一緒に逃げたのだとしたら、どうして女の方だけ幽霊として、私の前に現われたのでしょう?」

「そう言われてみると、そうですね……」

伊織が困ったように小首を傾げた。

その仕草が、何とも可愛らしかったのだが、武家の娘である伊織に対して、そのようなことを口にしては無礼にあたる。

「それに、女が幽霊となって現われたということは、すでに死んでいるということになります」

「確かに、八十八さんの言う通りです」

「それだけではありません」

「何です?」

「住職ともあろう人が、寺を捨てて女と逃げたりするでしょうか？」

そこが、一番の引っかかりだった。

宗派によっては妻帯を許されているところもあるようだが、そうでない宗派の方が圧倒的に多い。

以前、ある心霊事件にかかわったとき、恋と信仰との狭間で苦しんでいた僧侶を見たことがある。

そう簡単に、寺を捨てられるものではない。

八十八が、そのことを話すと、伊織は「そうですね――」と呟き、わずかに視線を落とした。

その表情が、どこか哀しげだった。

伊織の家は武家だ。寺とは別の理由で、好き勝手に恋をすることは許されない。やがては、親が決めた相手の許に嫁いでいくのだろう。

浮雲は、床に入れば身分など関係ないというが、そうはいかないのが世の中だ。

「とにかく、このお寺について、色々と訊いてみませんか？」

伊織が申し出る。

このまま何もせずにじっとしているのは、どうにも居心地が悪い。近隣の人に、あれこれ訊いてみるのは、いい考えかもしれない。

そういえば、昨日、浮雲はここを通りかかった男から、何かを耳打ちされていた。

八十八は、その内容について一切聞かされていないが、あの短いやり取りの中にこそ、事件の真相があるのかもしれない。

「そうですね」

勢いよく応じ、八十八は伊織と一緒に、話を聞いて回ることにした。

通りかかる人に片っ端から声をかけ、目に付く家は一通り回ってみたが、その結果は芳しいものではなかった。

新たに知り得たことは、宗玄という住職は、かなりの人格者で、近隣の者たちからもすこぶる評判が良かったということくらいだ。

「そろそろ帰りましょう」

陽が傾きかけたところで、八十八の方から伊織に声をかけた。

八十八自身が疲弊したというのもあるが、伊織をこれ以上、振り回すわけにはいかないという思いもあった。

「お役に立てずに、申し訳ありません」

伊織が、意気消沈した顔で頭を下げる。

「いえ。伊織さんが謝ることではありません。私の方こそ、妙なことに巻き込んでしまって申し訳ありません」

「いえ。八十八さんには、いつも助けていただいていますから」

伊織は、はにかんだような笑みをみせる。

「そ、そんなことはありません」

八十八は慌てて頭を振った。

謙遜しているわけではない。八十八などは、いつも足を引っ張るばかりで、伊織を助けたりした覚えはない。むしろ、助けられているのは八十八の方だ。

何とも情けない限りである。

「でも……妙ですね……」

伊織がぽつりと言った。

「何が――です？」

「話を聞く限り、宗玄という方は、とても情に厚かったようですし、檀家（だんか）からも頼りにされていた人格者です」

「はい」

「一方では、女と逃げたという噂が立っている」

「そうですね……」

伊織が聞いたという噂は、どうして立ったのだろう？

人格者であれば、そのような噂が立つとは到底思えない。それこそが、今回の事件の謎を解く鍵であるような気がして、二人であれこれと憶測を巡らせてみたが、結局、納得のいく結論を導き出すことはできなかった。

夕闇が迫ってきたので、話を切り上げ、伊織と別れて歩き始めた。

帰り道、八十八は再びあの寺の山門の前にさしかかった。

暗くなり始めているせいもあり、これまで以上に不気味な佇まいに思えた。

できるだけ寺の方を見ないように、足早に歩き去ろうとした八十八だったが、耳許で何者かが囁いた気がして、思わず足を止めた。

——何だ？

辺りを見回したところで、八十八の目に嫌なものが飛び込んできた。

白い鱗の蛇だ。

山門の柱に身体を巻き付けながら、三角の頭をじっと八十八に向けていた。

ちろちろと二叉の赤い舌を動かしている。

恐ろしい。あの白い蛇は、いつまで自分につきまとう気なのだろう。

後退りした八十八の耳許で声がした。

——お逃げ下さい。

それが空耳だったのか、本当に誰かの声だったのか分からない。ただ、八十八は走ってその場から逃げ出した。

七

八十八は、とぼとぼと歩みを進めていた——。

辺りはずいぶん暗くなっている。

この刻限になると、吹き付ける風がひんやりとしている。

頭の中には、白い蛇が——そして、あの女の顔が貼り付いていて、いくら振り払おうとしても離れない。

怯えてばかりではいけないというのは分かっているのだが、怖さが抜けることはない。

それは、単純に、あの女の幽霊が怖いというだけのことではない気がした。自分でも上手(うま)く説明できないが、もっと別の何かを恐れているといった感じだ。

丸熊の前を通り過ぎ、人気(ひとけ)のない道に入ったところで、妙な胸騒ぎを覚えた。

誰かに見られている——そんな、気配のようなもの。

八十八は、ぴたりと足を止める。

が、振り返って確かめるのが、どうにも恐ろしかった。また、あの白い蛇を目にしたら、とても正気ではいられない。

——走って帰ろう。

八十八が、地面を蹴ろうとした瞬間、どんっと何かに背中を押された。

つんのめって倒れる。

膝に痛みが走った。擦り剝いてしまったのかもしれない。確かめようと身体を起こしたところで、誰かに肩を摑まれた。

八十八は「ひっ！」と短く悲鳴を上げながら顔を向ける。

——え？

八十八の肩を摑んでいたのは、見覚えのない男だった。

口髭を生やし、薄汚れた着物を着て、何とも野暮ったい感じの男だ。それでいて、目だけはギラギラとした光を放っている。

「ちょっと面貸せや」

男は、黄色い歯を見せながら、低く嗄れた声で言った。

堅気の男ではなさそうだ。

「いや、その……」

戸惑っている八十八などお構いなしに、男は八十八の襟を摑んで強引に立たせる。

凄まじい腕力だった。

「大人しく、来てもらおうか」

男は、八十八にずいっと顔を近付けると、有無を言わさぬ口調で告げる。

酒臭い息がかかり、思わず噎(む)せそうになる。

「いったい、何なんですか……」

八十八が言い終わる前に、腹に強烈な痛みが走り、身体がくの字に曲がる。思うように息を吸い込むことができない。額に、びっしょりと脂汗が浮かんだ。

鳩尾(みぞおち)を殴られたのだ。

――拙(まず)い。

この男が、何者かは分からないが、ついて行ったら何をされるか分かったものではない。

現に、こうして殴られているのだ。

八十八は、苦しんでいる素振りをみせつつ、少しだけ男から離れた。

走るのに自信はないが、四の五の言ってはいられない。全力で走って逃げ出すしかない。丸熊まで戻ることができれば、あとはどうにかなる。

八十八は、何とか息を吸い込むと、覚悟を決めて駆け出した。

男を突き飛ばすようにして、一気に走る。

だが、何歩も進まないうちに、目の前に二人の男が立ち塞がった。

――しまった！

どうやら、仲間がいたらしい。

気付いたときには、髭面の男を含め、三人の男たちに取り囲まれてしまっていた。

「大人しくしろって言ってんだろうが！」

髭面の男が、怒鳴りつけながら、八十八を引き倒すと横っ腹を蹴った。それが合図であったかのように、あちこちから蹴りが飛んでくる。

八十八にできることは、亀のように丸くなり、痛みを堪えることだけだった。

「お止めなさい――」

女の声が響いた。

凛としていて、華やかな響きのある声だった。

男たちの蹴りが止まる。

八十八も、おそるおそる顔を上げる。

そこには一人の女が立っていた。

艶やかな着物を身につけ、妖艶な笑みを浮かべた美しい女――。

八十八は、この美しい女のことを知っていた。

――玉藻(たまも)だ。

詳しい素性までは分からないが、色街の女らしく、浮雲とも旧知の仲のようで、これまで、幾つかの心霊事件で顔を合わせたことがある。

「ほう。いい女じゃねぇか」

「あの女も攫っちまおう」

「いいねぇ。楽しい夜になりそうじゃねぇか」

男たちが、口々に下卑た言葉を並べる。

自分を助けようとしたばかりに、玉藻が酷い目に遭わされるなど、到底、耐えられるものではない。

「玉藻さん。逃げて下さい」

八十八は痛みを堪えながら口にした。

が、玉藻は八十八を見て、小さく笑みを浮かべると、しゃなりしゃなりと優雅な足取りでこちらに向かって歩いて来る。

「子どもを相手に、よってたかって。あんたらは、どうしようもない屑だねぇ」

玉藻は、蔑むような視線を男たちに向ける。

「ほう。じゃあ、あんたがおれたちの相手をしてくれるのか？　そうだって言うなら、このガキを逃がしてやってもいいぜ」

髭面の男が、にやけた顔を玉藻に近付ける。

「へぇ。あんたに、私の相手が務まるっていうのかい？」

「試してみるかい？」

髭面の男は、玉藻の胸を鷲摑みにしようと手を伸ばした。

が、次の瞬間、男の顔は苦痛に歪み、ぎゃぁ――と悲鳴を上げた。

見ると、髭面の男の手には、簪が突き刺さっていた。

「私を誰だと思ってんだい？　あんたらのような三下が触れようなんざ、百年早い！」

玉藻が啖呵を切った。

まるで、歌舞伎役者のように様になっている。

一瞬、呆気に取られていた男たちだったが、髭面の男が血塗れになった手を押さえながら、「やっちまえ！」と叫んだ。

それを合図に、男たちが玉藻に襲いかかる。

さっきの髭面の男は、油断していたからどうにかなった。だが、二人に襲いかかられたら、ひとたまりもない。

が、しこたま蹴られ続けた八十八は、ろくに身体を動かすことができず「玉藻さん！」と叫ぶのが精一杯だった。

しかし――。

八十八の目に飛び込んできた光景は、思っていたのとまったく違うものだった。

玉藻は、最初に殴りかかって来た男の拳を、舞でも舞うかのように、ひらりと躱すと、その腕を取って巻き込むようにぐるりと回した。

バキッと何かが弾けるような音がして、男の腕がだらりと垂れ下がった。

「痛えよぉ」

男は、腕を押さえて座り込んで泣き叫ぶ。

どうやったのかは分からないが、あの一瞬で、玉藻は男の腕の骨を折ってしまったらしい。

「この女！」

次の男が、玉藻に飛びかかる。

だが、玉藻に触れる前に、目を押さえて前のめりに倒れ、悲鳴を上げながら地面の上をのたうち回っている。

見ると、男の目には、簪が突き刺さっていた。

まさか玉藻が、ここまで強いとは思ってもみなかった。しかも、まるで容赦がない。

何はともあれ、玉藻のお陰で助かったようだ。だが、八十八がほっとしたのも束の間だった。

「これで逃がさないぞ」

髭面の男が、背後から玉藻を抱き竦める。

他の二人がやられている隙に、玉藻の後ろに回り込んでいたようだ。こうなっては、玉藻もどうすることもできない。

何とか助けなければ。

「いいから、大人しくしていなさい」

立ち上がろうとした八十八に、玉藻が優しく語りかける。

「し、しかし……」

この状況を、黙って見ていることなどできない。

八十八の心配をよそに、玉藻は笑みを浮かべる。それは、余裕に満ちた笑みだった。

「言ったわよね。私に触れるのは、百年早いって。お仕置きが必要ね——」

玉藻が言った。

「何？」

髭面の男が、眉を顰める。

それは一瞬のことだった。男の顔は、みるみる歪んでいき、やがて「ぐぎゃぁ！」と悲鳴を上げた。

何が起きたのか、八十八にはさっぱり分からない。

ただ、髭面の男の左足の膝が、おかしな方向に曲がっていた。

男は、堪らず玉藻から手を離し、その場に仰向けに倒れ込んだ。

「あんたの汚い血で、着物が汚れてしまったじゃないの」

玉藻は、冷たい視線で男を見下ろす。

男は、すっかり毒気を抜かれ、怯えた目を玉藻に向ける。

「頼む。助けてくれ」

懇願する男に向かって、玉藻は小さく頭を振った。

「駄目よ。お仕置きが必要だと言ったでしょう。汚い手で、私に触れた罪は重いわ――」

玉藻は、そう言いながら一切の躊躇(ためら)いなく、男の股間(こかん)を踏みつけた。

男は「がっ！」と声を上げる。

「こんな貧相なモノで、よく偉そうにできたわね」

玉藻が、踏みつける足に力を入れるのが分かった。

八十八は、見ていられずに視線を逸らす。と、同時に、何かが潰れるような嫌な音がした。

改めて目を向けると、髭面の男は泡を吹いて意識を失っていた。

「さあ。八十八さん。行きましょう」

玉藻が、これらの惨状など、なかったかのように涼しい顔で言った。

得体の知れない女だとは思っていたが、これだけのことをやってなお、平然としていられる玉藻に、八十八は恐怖すら覚えた。

八

八十八が、玉藻に連れて来られたのは、馴染みの居酒屋、丸熊の前だった——。

玉藻は、謎多き女だ。

異界にでも連れて行かれてしまうのではないか——と、妙な想像を膨らませていた分、少しばかり拍子抜けしてしまう。

「さあ」

玉藻に促され、八十八は丸熊の縄暖簾(なわのれん)を潜る。

「おう。八」

熊吉が、明るく声を上げる。

「ど、どうも」

昼間のこともあり、何だかぎこちない返事になってしまう。

「旦那が、上でお待ちかねだぜ」

熊吉が二階に目を向けた。

旦那——というのは、浮雲のことだろう。玉藻が小さく頷く。

二階に上がり襖(ふすま)を開けると、浮雲がいつものように壁に背中を預け、片膝を立てた姿勢で、塩焼きにした鮎などをつまみに、盃の酒をちびちびと呑んでいた。

「無事だったか」

浮雲は、呟くように言うと、赤い双眸を八十八に向けた。

「いったい、どういうことなんです？」

八十八は浮雲の前に立ち、訊ねる。

「どうも、こうもない。ここから外を見ていたら、お前が通りかかった。しかも、妙な男たちがあとをつけている。それで、玉藻に行ってもらったというわけだ」

浮雲は障子を開け、そこから下の通りを見下ろしながら答えた。

──そういうことか。

確かに、男たちに襲われる前、八十八は丸熊の前を通った。浮雲は、それを見ていたということだ。

納得したところで、まだ玉藻に礼を言っていないことに気付いた。

「あの。助けて頂いて、ありがとうございます──」

八十八は、玉藻に向き直り頭を下げた。

「いいのよ。あの程度、気にすることじゃないわ」

玉藻は、艶のある唇に笑みを浮かべ、八十八の頰をそっと撫でた。

たったそれだけのことなのに、ひどく淫靡な感じがして、八十八は身体を強張らせた。

それを見て、玉藻はまた笑う。

「可愛いわね」

玉藻に言われ、顔がかっと熱くなった。

「そんな……。あ、あの、どうして玉藻さんはここに？」

八十八は、顔色を誤魔化すように口にした。

浮雲は、丸熊の常連なので、ここに居座っていても何ら不思議はない。だが、玉藻がここにいたのには、何か理由がありそうだ。

詳しいことは分からないが、玉藻は遊女であるらしい。

そんな玉藻が、一人であちこち歩き回っていること自体、普通では考えられないことなのだ。

「座ったらどう？」

玉藻は八十八を促しながら、自らもしなやかな所作で畳の上に座った。

色々と気になることはあるが、まずは落ち着かなければ。八十八は、ふうっと息を吐きながら腰を下ろした。

「玉藻には、色々と調べてもらっていたんだよ」

浮雲があくびを嚙み殺しながら言った。

「調べる？」

「ああ。お前が見た、例の女の幽霊の件だ」

「そうだったんですか」

神社に姿がなかったとき、どこかで遊んでいるのではと疑ってしまっていたことを恥じた。浮雲は、ちゃんと動いてくれていたようだ。

「それで、何か分かったのですか？」

八十八は、改まった口調で訊ねる。

今回の一件で、玉藻に色々と調べてもらったのは、幽霊が遊女だと踏んだからだろう。色街の情報に通じる玉藻なら、色々と知っていることもあるはずだ。そして、こうしてここに玉藻がいるということは、何かしらの話を摑んだということかもしれない。

「まあ、色々と分かったことはある」

浮雲が、尖った顎に手を当てる。

「何です？」

八十八は、ずいっと身を乗り出して訊ねる。

「その前に、八を襲ったのは何者か見当は付いているか？」

浮雲が玉藻に顔を向ける。

「そんなこと、いちいち訊かなくても、もう分かってるでしょ」

玉藻が、浮雲に流し目を返す。

浮雲は「まあ、そうだな」と、苦笑いで答えた。

二人は納得しているようだが、八十八からしてみれば、何が何だかさっぱり分からない。

「どういうことなのか、教えて下さい」

八十八が、詰め寄ったところで音もなく襖が開いた。

部屋に一人の男が入ってくる。

土方歳三だった。

八十八の父が営む呉服屋に出入りしている薬の行商人で、姉のお小夜が幽霊にとり憑かれたとき、浮雲を紹介してくれた人物でもある。

端整な顔立ちで、人懐こい笑みを浮かべていて、柔和な印象はあるが、時折、正反対の表情を見せることがある。

商売柄、広い人脈を持っているだけでなく、剣の腕も滅法強い。八十八自身、土方が、浪人たちをいとも容易く打ち倒すのを何度も目にしている。

土方も玉藻と同じで、得体の知れないところがある人物だ。

「八十八さん。此度は、災難でしたね」

土方は、八十八を見てにっこりと微笑む。

この様子からして、どうやら土方は、八十八の身の上に起きた一件を承知しているらしい。

「ええ。まあ……」

八十八は、何となく曖昧に返事をする。

「ご安心下さい。間もなく、万事解決すると思います」

土方が笑顔のまま言う。

「それは、どういうことですか？」

八十八は訊ねてみたが、土方から答えは返ってこなかった。

土方は、浮雲に歩み寄ると、何やら耳打ちをする。

それを受けた浮雲は、「そうか」と呟いたあと、幾つかの指示を土方に与えた。

当事者であるはずの八十八だけが、何も分からずに、置いてけぼりを食っているような感じだ。

「あの……私は……」

訊ねようとした八十八の言葉を、浮雲が遮った。

「明日の夜、神社に来い。そのとき、全てを話す――」

玉藻と土方に目を向けてみたが、二人も何も答える気はないらしく、ただ黙って八十八を見据えていた。

こうなってしまったら、浮雲の言う通り、明日まで待つしかないようだ。

八十八は、小さくため息を吐いた。

その夜。

八十八は夢を見た――。

いや、あれが夢であるのか、現であるのか、判然としない。

女が――。

あの女が、八十八の前に立っていた。

着物は着ていない。

全裸だ――。

女の白い肌の上を、白い蛇がうねうねと巻き付くように這っていた。

「どうか私の願いを、聞いて下さいまし」

女が言った。

八十八は、何も答えない。いや、答えようがない。

ただ、黙って女を見ていた。

「願いを聞き入れて下さるのなら、私の身体を自由にして下さいまし――」

女は、両手で包み込むように八十八の顔に触れた。

そのまま、すうっと顔が近付いてくる。

抗うことはできなかった。

女に吸い込まれるように、八十八の意識は、暗い闇の中に落ちていった――。

九

目を覚ましたあとも、八十八の中には何だか妙な気怠さが残っていた。

身体が重く、悶々としていて、下っ腹が疼く。それでいて、これまで味わったことのない解放感のようなものがある。

姉のお小夜に、「何かあったの？」と、何度も問われたが、どうにも答えようがない。

おそらくは、幽霊のことがあるからだろうと自分を納得させた。

夕刻になった頃、急に伊織が訪ねてきた。

何でも、浮雲から、八十八を護衛するように頼まれたのだという。

浮雲が、そうした配慮をするということは、まだ自分は何者かに狙われているということなのだろうか？

色々と分からないこともあるが、浮雲に会えば、そうした疑念も消えるはずだ。

八十八は、伊織と一緒に浮雲が根城にしている神社に向かうことにした。

「八十八さん。少し変わりましたね」

道すがら、不意に伊織が口にした。

「変わった？」

八十八は首を傾げる。

「ええ。昨日までとは、少し違う気がします」

「きっと、疲れているんです。幽霊のことで、色々とありましたから……」

八十八は、苦笑いとともに答えた。

「そういうこととは、少し違う気がします」

伊織が視線を足許に落とした。

夕闇が深くなっているせいか、その表情が、何とも哀しげなものに見えた。

「どう違うのです？」

「うまく、言葉にできませんが、急に男っぽくなったというか……」

「これまで、あまり男っぽくなかったみたいですね」

八十八が口にすると、伊織は慌てて頭を振る。

「違います。そうではなくて……。何というか……」

伊織の言葉が途中で消えた。

いったい、伊織は何を言わんとしているのだろう？　どうして、そんな顔をするのだろう？

八十八には、何が何だかさっぱり分からない。ただ——。

「私は私で、何も変わっていないと思うのですが……」

八十八がそう告げると、伊織がはっとしたように顔を上げた。

歩きながら、しばらく八十八の目をまじまじと見つめたあと、これまでとはうって変わって、柔らかい笑みを零した。

「本当ですね」

「え？」

「八十八さんは、何も変わっていません」

「はい」

何だか、妙な会話になってしまったが、伊織が納得してくれたのであれば、それでいい。

そうこうしているうちに、浮雲が根城にしている神社に辿り着いた。

社の前に立つと、こちらから声をかける前に、「来たか——」と、中から浮雲の声がした。

八十八は、伊織と頷き合ってから社に入った。

中には、浮雲と玉藻の姿があった。

「こんばんは」

八十八が声をかけると、玉藻がすっと立ち上がり、歩み寄って来る。

玉藻は、じっと八十八を見つめたあとに、ふっと安堵したような笑みを浮かべた。

「な、何ですか？」

八十八は、たじろぎながら言った。

「何でもないわ。まだ、入り口に立っただけね。八十八さんには、私がしっかり教えてあげるから、それまで大切にとっておきなさい」

玉藻は、意味深長に言いながら八十八の首筋をそっと撫でた。

身体がぞくぞくっと震える。

「いったい、何の話をしていらっしゃるんですか？」

伊織が、挑むような視線を玉藻に向ける。

「あら。妬いてるの？　可愛いわね」

玉藻が、妖艶な流し目を伊織に向ける。

「別にそういうわけでは……」

「だったら、どうしてそんなに突っかかるのかしら？」

「私は……」

「あなたも初心なのね。でも、うかうかしていると、他の人に奪われちゃうわよ」

「奪われるって、誰に何をです？」

「私に、あなたの大切なひとを――言っている意味は、分かるかしら？」

玉藻が笑みを浮かべる。

伊織は、口を開けて何かを言おうとしたが、何も言葉が出てこなかったらしく、顔を赤くして俯いた。

——いったい、何なんだ？

奇妙なやり取りを、八十八は訳も分からず見つめていた。

「まったく。子どもをからかうんじゃねぇよ」

浮雲が、呆れたように言いながら立ち上がった。

「からかう？　人聞きの悪いこと言わないで欲しいわね。私は本気なんだから。ねぇ、八十八さん」

玉藻が、何とも含みを持たせた言い方をする。

「あ、いや、私は……」

八十八は、ただ困惑した声を上げることしかできなかった。

何とも言えない空気を打ち破るように社の戸が開き、一人の男が入って来た。土方歳三だ。

「皆さん、お集まりですね」

どういうわけか、その背中にはいつもの背負子(しょいこ)ではなく、大きな樽(たる)のような形をした座棺(ざかん)を背負っていた。

どうして棺桶など背負っているのだろう。そもそも、あの棺桶の中身は、空っぽなのだろうか？　それとも、誰かの遺体が入っているのだろうか？

気にはなったが、訊ねる気にはなれなかった。

「目当てのものは、見つけたようだな」

浮雲が、土方の背負っている棺桶に目を向け、大きく頷いた。

「ええ。なかなか苦労はしましたけどね」

土方が笑みを浮かべて答える。

「よし。これで揃った。憑きものを落としに行くとするか――」

浮雲が、金剛杖でドンッと床を突いた。

その言葉を聞き、八十八は心底ほっとした。まだ、何も分からない状態ではあるが、浮雲がこう言ったのだから、間もなく全てが終わるのだろう。

が、その安堵に水を差すように、何者かの不穏な視線を感じた。

見上げると、社の梁に何かが巻き付いていた。

それは――。

蛇だった。

真っ白い蛇が、じっと八十八たちを見下ろしていた。

八十八には、その目が、何ともいえない哀しみに満ちているように思えてならなかった。

十

八十八は、改めて廃寺の前に立った。

異様な雰囲気は変わっていないのだが、前よりも怖さが薄れているような気がする。

今日は、浮雲の他に、伊織も、土方も、そして玉藻もいる。大所帯だという安心感もあるのだろうが、理由はそれだけではない気がしていた。

これまでは、ただ恐怖を感じる対象であったあの白い蛇。そして女の幽霊。だが、今は少し違う。

上手く説明できないが、白い蛇も、女の幽霊も、どちらも、何か深い哀しみを抱いているように思える。

なぜ、そう感じるようになったのか、八十八自身よく分からない。

もしかしたら、昨晩の夢のせいかもしれない。

「さて――」

浮雲が、呟くように言いながら、金剛杖を肩に担いだ。

墨で眼を描いた赤い布で、両眼を覆っているが、その視線の先には、今回の事件の真相が見えているようだった。

「いよいよ、霊を祓うのですね」

八十八が問いかけると、浮雲はにいっと口許に笑みを浮かべた。

「その前に、やることがある」

「やること？」

八十八が問うと、浮雲は「ああ」と返事をしながら、くるりと踵を返して寺の本堂に背を向けた。

見ると、いつの間にか、土方も玉藻も、同じように本堂に背を向けて立っている。

「な、何です？」

「ずっとつけられていました」

八十八の問いに答えたのは、伊織だった。

「つけられていた？」

いったい、どういうことなのか？

ただ、困惑するばかりの八十八を後目に、浮雲がずいっと歩み出る。

「そんなところで、こそこそ隠れていないで、さっさと出て来たらどうだ？」

浮雲が、闇に向かって声を張った。

その声に応じる者はいない。闇は、ただ静かにそこにある。

「そうか。来ぬか。ならば……」

浮雲は、近くに立っている玉藻に目配せをする。

玉藻は目を細めて小さく頷くと、袂から小刀を取り出し、闇に向かって投げつけた。

闇の中から「ぎゃっ！」と悲鳴が上がった。

「さあ、どうする？　そのままずっと隠れ続けるつもりか？」

浮雲が、再び闇に向かって問う。

しばらくして、闇の中からぞろぞろと男たちが湧いて出て来た。

十人ほどいる。みな、薄汚れた着物を着ていて、すこぶる人相が悪い。どこかのごろつきのような風体だ。

刀や丸太、鎌、包丁など、各々凶器を手にしている。

これまで静かだった闇が、一気に殺気を帯びた空気に満たされた。

あまりのことに、おののく八十八だったが、浮雲は平然としている。元々、隠れていることを見抜いていたのだから、当然といえば当然だ。

土方も、玉藻も、特に驚くでもなく、これだけの人数が現われたというのに、口許に笑みを浮かべる余裕すらある。

伊織もまた、凛とした表情で、そこに立っている。

男たちは、じりじりと距離を詰めてくる。

「八十八さん。下がっていて下さい」

伊織が、八十八の身体を押しのけるようにして言う。

「し、しかし……」

口にしたものの、八十八などが前に出たところで、何かできるわけではない。むしろ、邪魔になるだけだ。

相手は十人。こちらより、はるかに人数が多い。

しかし、構えや風貌を見る限り、ただ粗暴なだけの素人であることは、一目瞭然だ。それに引き替え、浮雲と土方の強さは圧倒的だ。伊織も、二人には及ばないが、並の男なら簡単に打ち倒すほどの腕を持っている。

玉藻の腕が、いかほどのものかは定かではないが、昨晩の立ち回りを見る限り、易々とやられるような玉ではない。

ここは、浮雲たちに任せた方が良さそうだ。

男たちが「おぉぉ！」と雄叫びを上げながら、一斉に襲いかかって来る。

最初に刀で斬りかかって来た男は、浮雲に金剛杖でしたたか打ち付けられ、前のめりに倒れたまま動かなくなった。

丸太を振り回した男は、土方の木刀を脳天に喰らい、白目を剝いて昏倒した。

伊織は、鎌で襲いかかって来た男の胴を木刀で薙ぎ、一撃で仕留めた。

包丁を玉藻に突き立てようとした男は、腕の骨を折られ、地面の上をのたうち回っているところを、踏みつけられた。

他の者たちも皆、似たり寄ったりだった。

十人いたごろつきは、浮雲たちの身体に触れることすらできず、瞬く間に地面に転がることとなった。

死んではいないが、かなりの痛手を負っているようだ。

暗がりの中、男たちがうめき声を上げながらのたうち回る様は、見ていてかわいそうになるほどだ。

人数に勝るので、何とかなると思っていたのだろうが、相手が悪かった。この四人を相手にするなら、今の倍からの人数がいなければ、一矢報いることもできないだろう。

浮雲は、腕を折られて地面で呻いている男の許まで歩み寄ると、その耳許にずいっと顔を近付ける。

「死にたくなければ、こいつらを連れて、早々に立ち去れ」

赤い布に描かれた墨の眼で睨まれ、その男はすっかり怯えた表情になる。それは、他の者も同じだった。

浮雲に言われた通り、気絶している男たちを肩に担いだりしながら、慌ててその場から逃げ出して行った。

男たちが去ったあと、再び静寂が訪れた。

「今の連中は……」

八十八が声を上げると、浮雲がふっと息を漏らすように笑った。

「見ての通り、ただのごろつきだ」

「それは、分かるのですが、なぜ、私たちを襲ったのですか?」

八十八には、どうしてもそれが分からなかった。

「そう急くな。全ては、これから明らかにする――」

浮雲は、そう告げると、本堂に向き直った。

ようやく真相が明らかになる。そのことに、八十八の心は高揚しつつも、心の隅の方に、何ともいえない空しさが残っていた。

十一

本堂は、闇に包まれていた。

何も見えない。

不意に、ぼうっと明かりが灯った。

土方が蠟燭に火を灯し、床の上に置いたのだ。玉藻も同じように、蠟燭に火を点けて床の上に置く。

二つの明かりは、月の光を受けて輝く目のようだった。

その薄明かりに照らされて、本尊である観音菩薩が浮かび上がる。

浮雲は、準備が整ったとばかりに、観音菩薩の前に立ち、両眼を覆っていた赤い布をするすると外した。

赤い双眸が露わになる。

浮雲は、赤い瞳で真っ直ぐに観音菩薩を見据えると、金剛杖でドンッと床を突く。

──いよいよ始まる。

そう思うと、八十八の身体は自然と強張った。

「まず、明らかにしなければならないのは、八につきまとっていた幽霊が、何者か──ということだ」

浮雲の声が、本堂に響く。

八十八は、ごくりと喉を鳴らして唾を呑み込んだ。

浮雲が、すぐにその答えを口にするかと思っていたが、じっと本尊を見つめたあとに、玉藻に目配せをする。

それを受けた玉藻は、小さく頷くと、八十八の隣に立った。

花に似た、甘い香りがする。

「八十八さんの前に現われた女の幽霊の名は――朝霧」

玉藻が八十八の耳許で囁くように言った。

――朝霧。

「ど、どうして分かったのですか？」

八十八が訊ねると、玉藻は小さく笑みを浮かべてみせた。

「あなたの描いた絵を使って、調べたのよ」

――そうか。

浮雲に、幽霊の女の絵を描かされた。浮雲自身には幽霊が見えるのに、なぜ描く必要があるのかと思っていたが、玉藻に渡して女の素性を調べさせる為だったのだろう。

「その女は、何者なんですか？」

八十八が問うと、玉藻がすっと八十八の肩に手を触れた。

「名前から、分かることがあるでしょ」

言われて八十八は、はっとなる。

「花魁――ですか？」

朝霧は、花魁がよく使う源氏名だ。遊女の中でも位の高い花魁であろうことは、その身なりで何となく察しがついていた。

「そう。朝霧は、吉原で人気の花魁だったの」

女の素性は分かった。だが、問題は、なぜ吉原の花魁の幽霊が、こんな荒れ寺に出たのか——ということだ。

八十八が問うと、玉藻は一瞬だけ目を伏せた。

何とも憂いに満ちた顔であると同時に、下っ腹がむず痒くなるような、妖艶さを帯びてもいた。

「朝霧はある日、吉原を逃げ出した——」

「どうしてです？」

「男にとって、吉原は華やかな世界かもしれない。でもね——女にとっては、苦界になるのよ」

「苦界……」

その言葉に、どんな意味が込められているのか、聞き返すことはできなかった。

はっきりそうだと聞いたわけではないが、玉藻もまた遊女らしい。朝霧が逃げ出そうとした理由は、痛いほどに分かっているだろう。

それを問い質すことは、玉藻に痛みを与えることになるような気がした。

「花魁が吉原を勝手に抜け出すことは、決して許されることではない。朝霧は、追われることになったの……」

玉藻の憂いが、より一層、深いものに変わった。

それは八十八も聞いたことがある。吉原の中であれば、ある程度思いのままにできるが、そこから出ることは許されない。

見つかれば、連れ戻され、激しい折檻（せっかん）を受けることになる。中には、あまりに激しい折檻を受け、死んだ遊女もいるらしい。

吉原から逃げるということは、まさに命懸けのことなのだ。だが——。

八十八は、改めて玉藻に目を向けた。

前から気になっていたことだが、もし、玉藻が遊女であるなら、どうして、こうやって自由に出歩くことができているのだろう。

そこには、八十八などが計り知れない事情がありそうだ。

「もしかして、さっきの男たちは、朝霧さんの追っ手なのですか？」

口を挟んだのは、伊織だった。

「そうよ。あの連中は、吉原に雇われて、朝霧を追っていた連中なの——」

玉藻の目に、憎しみを孕（はら）んだ光が宿ったような気がしたが、すぐに消えてしまった。

八十八の勘違いだったのかもしれない。

ともかく、あの男たちが何者か分かったことで、納得することもあった。

あの男たちは、ずっと朝霧を追っていた。八十八は、そうとは知らず、伊織と一緒に、朝霧と思しき女のことを、あちこちで聞き回った。

そのことが男たちの耳に入り、寺から消えた朝霧の居場所を知っているのではないかと疑われ、襲われることになったというわけだ。

だが——。

「幽霊になって現われたのですから、朝霧さんは死んでいるんですよね」

八十八が口にすると、浮雲が大きく頷いた。

そうなると問題は、朝霧が、いつ、どこで死んだのか——ということだ。八十八がそのことを訊ねると、浮雲は金剛杖でドンッと床を突いた。

「ここだ——」

「え?」

「朝霧は、ここで死んだ——」

浮雲が再び金剛杖でドンッと床を突く。

「いったいどういうことなんですか?」

「あれこれ言うより、見てもらった方が早いな。歳三——」

浮雲が声をかけると、土方は棺桶を下ろして歩み寄って来る。

——何をする気だ?

八十八が考えている間に、浮雲と土方は、その場に屈み込み、床板に手をかける。しっかりと打ち付けられていなかったらしく、床板は簡単に外れた。

浮雲と土方は、次々と床板を外していく。

「これくらいでいいだろう」

浮雲が言ったときには、床に人が落ちてしまいそうなほど大きな穴が空いていた。

――何なんだ？

八十八は、その穴を覗き込んでみる。だが、暗くてよく見えない。

「引き揚げるぞ」

浮雲が、土方と一緒に床下から何かを引き揚げた。

それは――棺桶だった。

蓋を開けるまでもなく、引き揚げたときの様子で、中に何かが入っていることは分かった。

――もしかして。

八十八が訊ねる前に、浮雲が無造作に棺桶の蓋を開けた。

浮雲が、中を見ろと視線で促している。

――怖い。

それが、八十八の本音だった。棺桶の中に入っているものについては、おおよそ見当がつく。だからこそ、余計に怖いのだ。

にもかかわらず、八十八の身体は自然に動き、視線が棺桶の中に引き込まれる。

伊織も、八十八の隣に立ち、棺桶の中に目を向ける。

そこには——。

女の骸が納められていた。

白骨化していて、誰なのか分からない状態だが、身につけた着物から、八十八の前に現われた、あの女だと悟った。

そして、骸にはあの白い蛇が巻き付いていた。

十二

「こ、これは……」

八十八は、驚きの声を上げながら後退る。

「それが朝霧だ——」

浮雲が、金剛杖を肩に担ぎながら言った。

それは察していた。問題はもっと別のところにある。

「どうして朝霧さんは、こんなところで？」

その理由が、八十八には分からなかった。

「報われぬ、恋の末路——」

玉藻が、天井の隅にある闇を見つめながら、独り言のように口にした。

「恋の末路——ですか?」

八十八が問うと、玉藻は哀しげな視線を向けてきた。

「ええ。ここからは、推量も入るけど、朝霧は吉原を逃げ出したあと、この寺に辿り着いた。そこで、この寺の住職である宗玄と知り合った。おそらく宗玄は、追われている朝霧を、この寺に匿ったのでしょう」

伊織と色々と聞いて回ったが、近隣における宗玄の評判は、すこぶる良かった。とても慈悲深い人物であったそうだ。

そんな宗玄だからこそ、追われている朝霧を放ってはおけなかったのだろう。

しばらくの間を置いたあと、玉藻が「でも——」と話を続ける。

「朝霧は、自分に優しくしてくれる宗玄に、恋をしてしまった……」

「どうして、そんなことまで分かるのですか?」

朝霧と実際に会って話を聞かなければ、宗玄に恋をしていたかどうかまでは、分からないはずだ。

「朝霧には、一人だけ親しくしていた花魁がいたの。名前は明かせないけど、その花魁だけは、朝霧と密かに文のやり取りを続けていたのよ」

「その花魁から聞いたんですね」

「ええ。朝霧は、自分の慕る想いをその親しい花魁に、文で打ち明けていたのよ」

「どうして、わざわざそんなことを？」

八十八が問うと、玉藻が穏やかな笑みを浮かべた。

「自分の恋心を誰かに知って欲しいと思うのは、おかしいことじゃないわ」

「そういうものなのですか？」

「そういうものよ」

「はあ……」

八十八は、気の抜けた返事をした。

正直、玉藻が言わんとしていることは、分からないでもないが、納得したわけではない。だが、それは、八十八がこれまで恋と言えるような恋をしていないからかもしれない。

「朝霧は、覚悟を決めて慕る想いを宗玄に告げたの。でも……」

そこまで言って、玉藻は言葉を呑み込んだ。

「どうなったんですか？」

訊ねながらも、八十八は既にその答えを見出（みいだ）していた。玉藻は「でも……」と言ったのだ。

「朝霧の想いは届かなかった……」

玉藻の声に哀しみが宿る。

「どうしてですか？　宗玄さんは、朝霧さんのことを、好いていなかったということですか？」

八十八が詰め寄ると、玉藻は頭を振った。

「そうじゃないわ。宗玄も、朝霧に惹かれていた。だけど、二人は、決して結ばれることのない間柄なの――」

言われて、八十八ははっとなる。

そうだ。宗玄は、僧侶なのだ。それも妻帯が許されていない宗派の――。

夫婦になるとなれば、僧籍を捨てるだけでなく、この寺を出て行かなければならなくなる。

朝霧は、吉原の追っ手がかかる身だ。寺の中で匿っているうちは、何とかなるかもしれないが、二人で寺を出れば、いつ捕まるか分からない。

宗玄は、朝霧を守る為にも、寺を捨てるわけにはいかなかったのだろう。

何と哀しいことか――。

「朝霧もまた、宗玄と結ばれぬということを悟ったの。二人で逃げれば、宗玄まで追っ手につけ狙われる。そこで――」

玉藻は、一度言葉を切り、慈しむような視線を棺桶に向けた。

白い蛇が、ぬらぬらと棺桶から這い上がって来た。

「どうせ、逃げ切れるものではない。添い遂げられぬなら、せめて……。朝霧は、あることを考えた」

「何を──考えたのです?」

「朝霧は、宗玄の前で自害したの」

「なっ!」

八十八は、衝撃とともに声を上げた。

なぜ、自害しようなどと考えるのか、八十八にはさっぱり分からなかった。他に思案があるわけではないが、それでも、死ぬくらいなら、何か方策があったのでは──と思ってしまう。

「分からないって顔をしているわね」

玉藻が、八十八の考えを見透かしたように言った。

八十八は「はい」と素直に応じた。

「朝霧は、もう逃げられないと分かっていたの。死ぬくらいなら、吉原に戻ればいいと思うかもしれない。でもね、一度誰かを愛したら、そう簡単には割り切れないのよ」

玉藻は人形のように、表情を動かすことなく口にした。

共感はできないが、言わんとしていることは、何となく分かる。だが、それでも、まだ他に方法があったはずだ。

そもそも自害してしまったら、愛する宗玄と一緒にいることができない。

八十八がそのことを言い募ると、玉藻は「逆よ――」と口にする。何が「逆」なのか、八十八には理解できない。

「この場所で死ねば、宗玄によって弔ってもらえる。そうなれば、ずっと一緒にいられる――朝霧は、そう考えたのよ」

玉藻が静かに告げた。

八十八は、息を呑んだ。

確かに、結ばれることがないのなら、せめて愛する人の近くにいたいと願う気持ちは分かる。

だが、死んで弔ってもらうなど、そんなのはあまりに――。

「哀しすぎます」

八十八は、絞り出すように言った。

寒くもないのに、身体がぶるぶると震えた。

「泣いているのね」

玉藻が、指先で八十八の目頭に触れた。

そのときになって、初めて八十八は、自分が泣いていることに気付いた。

なぜ、こんな風に涙が出るのかよく分からない。ただ、心の内を、哀しみが満たしているのだけは事実だった。

「私は……」

「そんな八十八さんだから、朝霧は、宗玄を捜すように頼んだのでしょうね」

玉藻の言葉が、胸に重く響いた。

八十八は、最初、恨みや憎しみから、宗玄を捜しているのだと思っていた。だが、そうではなかった。

朝霧は、きっと宗玄と一緒にいたかったのだ。ただ、その一心で、八十八に宗玄を捜すように頼んできたのだ。

こうなると、問題になってくるのは、宗玄の行方だ。

「宗玄さんはどこに行ったのですか？」

八十八は、ごしごしと腕で涙を拭ってから訊ねた。

玉藻が、視線を土方に向ける。それを受けた土方は、小さく頷いてみせる。どうやら、土方は、宗玄の行方を知っているらしい。

「宗玄さんなら、ここにいますよ」

土方が、無表情のまま言った。

「へ？」

八十八は、しきりに辺りを見回す。

しかし、それらしき姿はどこにも見当たらない。どういうことだろう？

答えを求めて、土方に目を向ける。

土方は、ゆっくりと本堂の隅に置いてある棺桶に歩み寄った。

さっき床下から引き揚げたものではない。土方が、背負って運んで来た棺桶だ。

「ここです」

土方が、棺桶の蓋をぽんぽんと叩いた。

その棺桶の中には、宗玄の骸が入っているというのか――。

「でも、どうして？」

八十八が訊ねると、土方は顎を引いて頷いてから語り始めた。

「朝霧さんが自害したあと、宗玄さんは、その骸を棺桶に入れて、寺の本堂の床下に安置しました」

土方が、さっき剝がした床板のところを指差す。

「どうしてですか？　ちゃんと弔ってやればよかったのに……」

八十八は、身を乗り出すようにして言った。

朝霧もそれが望みだった。そうしていれば、朝霧が宗玄を捜して、彷徨い歩くようなことはなかったはずだ。

「できなかったんだよ」

言ったのは浮雲だった。

「どうしてできないんです？」

「愛する人を死なせてしまった。気持ちの整理が付かなかったんだろう」

「でも、こんなところに放置しなくても……」

「放置したわけではありません。宗玄さんは、朝霧さんを本堂の床下に安置したあと、旅に出たんです」

「旅？」

土方が遠くを見るような目で言った。

「はい。駿河に向かったのです」

「どうして駿河に？」

「駿河は、朝霧の生まれ故郷なの」

玉藻がすっと顔を伏せながら言う。

「見たかったんだと思います。朝霧さんの生まれ育った場所を……」

土方が、慈しむように棺桶を撫でた。

「じゃあ、帰って来るつもりだったんですか？」

「ええ。帰った後で手厚く弔うつもりだったと思います」

土方が再び棺桶を撫でる。

「そんな宗玄さんが、どうして……」

八十八は、答えを求めて土方を見た。

「宗玄さんは、旅の途中で山賊に襲われて、命を落としてしまいました。たまたま、その前日に宿泊していた旅籠の主人が、その骸を見つけました。可哀想だということで、近所の寺で弔ったそうです」

土方が顎を上げて暗い天井を見つめる。

——そうだったのか。

そのまま月日が流れ、この寺は廃寺になり、幽霊となった朝霧は、戻って来ない宗玄を待ちきれずに、八十八に捜すように頼んできたということだったのだろう。

あまりに哀し過ぎる。

どうにかしてやりたいと思うが、今さら、八十八などがしてやれることは、何一つない。そのことがもどかしく、余計に哀しみが広がる。

「さて。仕上げといこう」

しんみりとした空気を打ち破るように、浮雲が金剛杖でドンッと床を突いた。

八十八は、はっとして浮雲を見る。

自分には何もしてやれない。だが、浮雲なら、哀しい運命にあった二人を救うことができるはずだ。

浮雲は、任せておけ——という風に、わずかに顎を引いた。

「さあ。お前の想い人を連れて来たぞ——」

浮雲が再び金剛杖で床を突いた。

朝霧の棺桶に入っていた白い蛇が、しゅるしゅると身体をくねらせながら床の上に這い出て来た。

鎌首をもたげ、赤い舌をちろちろと動かしている。

やがて、その姿と重なるように、薄らと女の姿が浮かび上がった。

あの女——朝霧だった。

朝霧は、八十八に向かって小さく笑みを浮かべる。

美しくはあるが、妖艶さはない。ただ、朗らかで、晴れ晴れとした笑みだった。

気付くと、女の横に一人の男が立っていた。

若い僧侶だった。あれは、宗玄だろう。

「死んでしまえば、追っ手も僧籍も関係ない。お前たちの叶わなかった想いを遂げるがいい」

浮雲が声を張った。

それが合図であったかのように、二人の姿は、ふっと闇に呑まれて消えた。

消えたのは、二人の姿だけではない。あの白い蛇もまた——忽然と姿を消していた。

こんなことを言ったら、浮雲に笑われそうだが、あの白い蛇は、まさしく神の使いだったのではないか。

いや、神ではない。今、目の前にある観音菩薩こそが、あの白い蛇の正体であったのかもしれない。

その後

八十八は、浮雲が根城にしている神社に足を運んだ。

「こんにちは——」

社の戸を開けて声をかける。

中では、浮雲がいつものように壁に背中を預け、盃の酒をちびちびと呑んでいた。

そしてもう一人——玉藻の姿があった。

「あら。八十八さん」

玉藻は、赤く紅を引いた口許に妖艶な笑みを浮かべる。

潤んだ玉藻の瞳が、八十八を搦め捕る。何だか、別世界に引き摺り込まれてしまうような気がして、思わず息を呑んだ。

「ど、どうも」

「それで、今日は何の用だ？　おれは、これから出かけなければならないんだ」

浮雲が気怠げに口にする。

今から出かけるというのに、酒を呑んでいるのはいかがなものかと思うが、今さら浮雲にそんなことを言っても始まらない。

「実は、先日の一件で、一つ気にかかることがありまして——」

「何だ？」

「吉原からの追っ手は、まだ朝霧さんを捜しているんでしょうか？　もし、そうだとしたら、その……」

「また、八が襲われるかもしれない——と」

「はい」

八十八が頷くと、玉藻がふっと息を零して笑った。

「安心しなさい。その件は、もう片付いているわ——」

「本当ですか？」

「ええ。二度と八十八さんに近付くことはないわ。勘違いで、私の大事な八十八さんを痛めつけた代償も、しっかりと払わせてあるわよ」

玉藻は冗談めかした口調だが、どうにも目が笑っていないように思える。

もう、自分に近付くことがないというのは有り難い。しかし、玉藻が払わせた代償とはいったい何だったのか？

気にはなるが、訊いてはいけないことのように思えた。

「それだけか？」

浮雲が問う。

「いえ。朝霧さんと、宗玄さんの骸は、どうなったのかと思いまして……」

「知り合いの坊主に頼んで、一緒に埋葬してもらうことにした」

「そうでしたか」

あのままでは、二人があまりに哀れだ。一緒に弔ってもらえるというのであれば、ひとまずは安心といったところだろう。

浮雲は「さて――」と声を上げると、ゆらりと立ち上がった。

「もしかして、これから行くのですか？」

八十八が問うと、浮雲が「そうだ」と応じた。

さっき、これから出かけると言っていたが、それは宗玄と朝霧の弔いに行くということだったようだ。

「ならば私も――」

生きているときに、顔を合わせてはいないが、それでも、宗玄と朝霧には、言いようのない親しみを感じている。

「それから、この絵を一緒に埋葬したいのですが……」

八十八は持って来た絵を差し出す。

浮雲が絵を受け取って広げ、まじまじと見つめる。玉藻も、覗き込むようにして絵を見る。

白蛇の巻き付いた女——朝霧と、それに寄り添うように立つ宗玄を描いたのだ。

せめて絵の中だけでも、幸せに暮らして欲しいという願いを込めて——。

「ほう。だいぶ良くなったじゃねぇか。この絵には、色気がある」

浮雲が呟くように言った。

「あ、ありがとうございます」

浮雲に褒められたのは嬉しいが、色気がある——という言葉が、どうにも引っかかった。

「でも、まだまだね。やっぱり私が、ちゃんと教えてあげないといけないわね」

玉藻が、妖艶な笑みを浮かべながら言った。

八十八には、玉藻が何を言わんとしているのかが分からず、曖昧に「はあ」と頷くことしかできなかった。

猫又の理

UKIKUMO
SHINREI-KITAN
NEKOMATA NO KOTOWARI

序

なーっ。

猫の鳴き声がした。

さかりの時のような、甘ったるい響きをもった鳴き声だった。

弥七郎（やしちろう）は、瞼（まぶた）を閉じたまま寝返りをうった。

風が強いせいか、板戸がカタカタと音を鳴らしている。

どうにも寝付きが悪い。

先日の寛次郎（かんじろう）の一件が引っかかっているのかもしれない。寛次郎の死については、色々と妙な噂（うわさ）が立っているが、そんなものはたわ言だ。

いちいち真に受ける方がどうかしている。

そう思おうとしたのに、胸の奥にもやもやとしたものが残る。話の真偽はともかく、寛次郎が死んだのは事実だ。

それも、無残な殺され方をして――。

駄目だ。こんなことを考えていては、いつまで経っても、眠れるものではない。

ため息を吐いたところで、さわっと何かが足に触れた。

隙間風が抜けていっただけだろうと、足を布団の中に引っ込める。

そのままじっとしていると、生臭い臭いが、鼻先を掠めた。

――何だ？

今度は、誰かにじっと見られているような気配を感じた。

起きて確かめようとも思ったが、止めておいた。もし、幽霊でもいたら、堪ったものではない。

見なくていいものは、見ない方がいいのだ。

弥七郎は、固く瞼を閉じ、ぎゅっと縮こまるようにして眠りに落ちようと試みた。

が――次の瞬間、何かざらざらしたものが、弥七郎の頬に触れた。

「ぎゃっ！」

弥七郎は、声を上げながら飛び起きた。

月が出ているはずなのに、部屋の中がやけに暗かった。いや、そうではない。黒い煙のようなものが、充満していて、視界を遮っているのだ。

——どこかで火事でもあったのか？

などと考え、慌ててはみたが、どうにも火事の煙とは違う。どちらかといえば、霧といった感じだ。

だが、そうだとすると、なぜそんなものが部屋の中を漂っているのか、余計に分からなくなってくる。

「何なんだ」

手で目の前の霧を払った弥七郎は、ふと動きを止めた。

霧の向こうに、光るものがあった。

あれは目だ。

障子越しに差し込む月の光を受け、青白く輝く猫の目——。

弥七郎のすぐ目の前に猫がいた。

真っ黒い毛をした猫だ。

瞳孔の開いた目で、真っ直ぐに弥七郎を見据えている。

——どこから入り込んだのか？

弥七郎は、疑念を抱きながらも、枕元に置いてある刀を手に取ろうとした。

なぁーっ。

猫が鳴いた。

それも、目の前にいる猫ではない。

はっと見ると、足許(あしもと)に別の猫が座っていた。

「ひっ！」

弥七郎は、思わず飛び退(の)く。

その拍子に、足に何かが触れた。

毛を纏(まと)った何か――。

これもまた――猫だった。

部屋の中にいる猫は、一匹ではなかった。

布団の上、障子の前、壁の隅――いたるところに猫がいた。その数は、十匹をゆうに超えている。

なぁーっ。

なぁーっ。

あちこちで猫が鳴く。

――何なんだ、こいつらは。

弥七郎は、刀を手に取り鞘(さや)を払った。

すると、正面に座していた黒猫が、毛を逆立て、牙を剝(む)きだし、しゃーっと威嚇(いかく)の鳴き声を上げた。

たかが猫に威嚇されたところで、どうということはない。

そう思っていたのだが、猫の様子が急変した。

逆立った毛が、みるみる伸びていく。いや、毛が伸びただけではない。猫の身体全体が、膨らんでいく。

「なっ……」

声を上げたときには、猫は弥七郎の背丈ほどにまで巨大化していた。

これでは、猫ではなく、熊と対峙しているようなものだ。

ぐるぅるぅ――。

猫が低い声で唸る。

その迫力に圧され、弥七郎は思わず刀を取り落とし、一目散に逃げ出した。

一

八十八は、古びた神社の前に立った――。

鳥居の塗りは剝げ落ち、雑草が生い茂り、狛犬も緑色の苔で覆われている。

八十八は、雑草を掻き分けながら鳥居を潜り、傾きかけた社の前まで歩みを進める。

別にお参りをしようというわけではない。

そもそも、この神社は、ずいぶん前から神職もおらず、御神体もなく、放置されたままになっている。

お参りしたところで、何のご利益（りやく）もない。

だが、この神社には一人の男が棲（す）み着いている。もちろん、神主などではない。勝手に自分の根城にしてしまっているのだ。

家業である呉服屋の手伝いで、得意先に反物（たんもの）を届けに行った帰りに、たまたま近くを通りかかったので、その男の許に顔を出してみようと立ち寄ったのだ。

「こんにちは――」

社の戸を開けると、一人の男が片膝を立てた姿勢で座っていた。

浮雲（うきくも）だ――。

髷（まげ）も結わないぼさぼさ頭に、白い着物を着流している。肌の色は、着物の色よりなお白い。

何より浮雲を浮雲たらしめているのは、その眼（め）だ。

浮雲の双眸（そうぼう）は、鮮やかな緋色（ひいろ）に染まっている。

その眼は、ただ緋色なだけでなく、死者の魂――つまり幽霊を見ることができるのだ。

浮雲は、それを活（い）かして憑（つ）きもの落としを生業（なりわい）としている。

毒舌で、女にだらしなく、手癖も悪い。おまけに年中、自堕落に酒を呑（の）んでいて、おおよそ褒めるべきところがないが、憑きもの落としの腕だけは一流だ。

八十八が浮雲と出会ったのも、姉のお小夜が幽霊にとり憑かれたことがきっかけだった。

浮雲は、何だかんだと文句を言いながらも、お小夜にとり憑いた幽霊を見事に祓ってみせた。

それ以来、何かと縁があり、付き合いが続いている。

「何だ。八か——」

浮雲が寝起きのように気怠げな口調で言う。

「何だとは、何ですか」

言い返した八十八は、浮雲の向かいに男が一人座っていることに気付いた。

「おや。八十八さん」

男が、八十八を振り返り、人懐こい笑みを浮かべてみせる。

「土方さん」

そこにいたのは、土方歳三だった。

薬の行商人である土方は、八十八の店にも出入りしていて、お小夜の一件で困っているとき、浮雲を紹介してくれた当人だ。

普段は、人当たりがよく、気さくなのだが、時折、それが仮面なのではないかと思うことがある。

悪い人ではないのだが、底が見えない怖さのようなものを感じさせる人物でもある。

「ちょうど、いいところに来ましたね」

土方が、細い目をさらに細めながら言う。

「どういうことです？」

「いえね。少しばかり、面白い話がありましてね」

八十八の問いに、土方が答える。

「余計なことに首を突っ込むと、痛い目に遭うぞ」

浮雲が、脅すように言って八十八を睨み付ける。

そう言われると、気になってしまうのが人の性というものだ。

「私にも聞かせて下さい」

八十八は、そう言いながら、空いているところに腰を下ろした。

浮雲が、聞こえよがしにため息を吐いたが、八十八は無視して土方に「それで、面白い話というのは？」と先を促した。

「猫又が出たらしいんです」

土方が、うむと小さく頷いてから言った。

「猫又？」

八十八は、耳にした言葉に、思わず首を傾げる。

「ええ。簡単に言ってしまえば、猫の妖怪のことです。山中にいる獣の類という話もあれば、人に飼われていた猫が、年老いて化けるとも言われています」

「言われてみれば、聞いたことがある気がします」

いつ、どこで、誰から——ということは分からないし、具体的な内容も定かではないが、そのような話を、耳にしたことがある気がする。

「何でも猫又は、熊くらいの大きさがあり、人を喰らったり、攫ったりするとも言われているんです」

土方が、目の奥を光らせながら、低い声で言った。

「何と！」

八十八は、思わず仰け反った。

猫と聞いて、あまり怖さを感じていなかったのだが、熊ほどの巨体で、人を喰らったりするとなると話は別だ。

それは、もはや猫という名称が似合わないほどに恐ろしいものだ。

「阿呆らしい」

ここまで黙って聞いていた浮雲が、吐き捨てるように言った。

「どうして、阿呆らしいのですか？」

八十八が訊(たず)ねると、浮雲は不機嫌な表情のまま、瓢(ひさご)の酒をちょろちょろと盃(さかずき)に注(つ)いだ。

「面白い話というから、何かと思えば、よりにもよって妖怪とはな……」

浮雲は、盃の酒をぐいっと呑み干した。

「信じていないのですね」

土方は、淡々と言う。

「当たり前だ。そんな話をほいほい信じるのは、八くらいのものだ」

浮雲が、嘲(あざけ)るような視線を八十八に向ける。

莫迦(ばか)にされたことに、むっとしたが、言い返せば、数多(あまた)の罵詈雑言(ばりぞうごん)になって戻ってくる。

悔しいが、口では浮雲に到底勝てない。

「しかし、先ほども申し上げましたが、その猫又が確かに出たのです」

土方が笑みを含んだ顔で言った。

そう言えば、最初に土方は「猫又が出たらしい——」と口にしていた。ということは、その猫の化け物が実在するということだろうか。

考えただけで恐ろしい。

八十八の背筋に、悪寒が走った。

「いったい、何処に出たというんですか？」

八十八は怖いと思いながらも、気付いたときには口にしていた。

土方は、待っていましたとばかりに、大きく頷いた。元々、得体の知れないところのある土方だが、それが余計に色濃くなったように見えた。

二

「噂によると——」

土方が語り始めた。

「市谷の外れに、一人の女が住んでいました。その女は、両親を亡くし、一人で暮らしていました。いや……」

土方は、そこまで言ったあと、試すような視線を八十八に向けてきた。

八十八は、ぴんっと背筋を伸ばして土方の次の言葉を待つ。

一方の浮雲は、土方がここまで言っているのに、完全に興味を無くしたのか、腕を枕にごろんと横になってしまった。

だが、いつまで経っても、土方は続きを話そうとしない。

「何です？」

八十八が先を促すと、小さく顎を引いてから話を再開した。

「女は、一人で暮らしていましたが、猫を飼っていました」

「猫……」

「はい。それも、一匹や二匹ではありません。十匹を超える猫を飼っていたそうです」

「そんなにたくさん」

猫も一匹や二匹なら、可愛いと思うが、数が増えるほどに、異様で恐ろしいものであるような気がする。

「その女の許に、通っている男が一人いたそうです」

「想い人ですか？」

「詳しいことは分かりません。ただ、そのことが悲劇につながってしまったようです」

「何かあったのですか？」

「ええ。何が原因か分かりませんが、ある日、この男が女を惨殺しました。滅多斬りだったそうです」

土方の話を聞き、八十八の脳裏に血塗れになって倒れている女の姿が浮かんだ。

そして、その女に群がる猫。

どうして、そんな想像になったのかは分からないが、その猫たちは、流れ出た女の血をぺろぺろと舐めていた。

「男は、女だけでなく、家にいた猫たちも、片っ端から斬り捨てたそうです」

土方がそう続ける。

「猫も——ですか？」

「ええ。一匹残らず全部」

八十八の頭の中で、女に群がっていた猫も、無残に斬り刻まれた骸（むくろ）になり果てた。

その惨状を想像しただけで、背筋がぞくっと震えた。

——おぞましい。

「それで、その男は、どうなったんですか？」

八十八は息を呑んでから訊ねた。

「それ以降、誰もその姿を見ていないとか——」

「逃げたのですか？」

八十八は驚きの声を上げた。

「詳しいことは分かりませんが、男の消息はぷつりと途絶えたそうです」

「そうですか——」

女だけでなく、猫をも惨殺するような非道な男が、そのまま逃げ果（おお）せているかと思うと、心底腹が立った。

「それ以来、その家には、猫又が出るという噂が立つようになりました」

土方が静かに言った。

「実際に、見た人がいるんですか？」

八十八は、身を乗り出すようにして訊ねた。

「ええ。だから、そういう噂が立つようになったのでしょうね」

「だったら、その場所に近付かなければいいだろうが」

瞼を閉じて寝転んでいた浮雲が、退屈そうに声を上げた。

興味が無さそうに振る舞いながらも、やはり話は聞いていたらしい。土方も、それが分かっているから、話を続けているのだろう。

「まあ、そうなんですがね。酔った勢いで、遊び半分に、その家に入り込んだ男たちがいたんですよ」

「余計なことを……」

浮雲が、苦々しく舌打ちを返す。

「同感ですが、行ってしまったものは、もう仕方がありません」

土方が小さく首を振る。

「その人たちが、その家で猫又を見たのですか？」

八十八が訊ねると、土方が口を開く。

「そのときは、何も――」

「何も見ていないのであれば、問題ありませんよね」

「そのときは——と申し上げました」

土方の目が、ぎらっと冷たい光を放った。

「それは、つまり……」

「はい。そのあと、家に足を運んだ男の一人、寛次郎なる者が、自分の家に猫の化け物が出ると騒ぎ出したんです」

「それが猫又——」

「はっきりしたことは、分かりません。それに、今となっては、確かめようがないのです」

「え？」

「十日ほど前、寛次郎は遺体となって川に浮かんでいるのが見つかりました」

「なっ！」

八十八は、身体を強張（こわば）らせた。

そんな八十八の反応を楽しむように、土方は話を続ける。

「寛次郎の背中には、まるで巨大な爪で引っかかれたような痕があったそうです」

土方の話を聞き、八十八は言葉も出なかった。

その寛次郎という男は、猫又に殺されたとしか思えない。

最初は半信半疑であったが、八十八は、すっかり猫又という妖怪が出たという話を信じ込んでいた。

「話には、まだ続きがあるのです――」

追い打ちをかけるように、土方が言った。

「続き？」

「ええ。その家に行ったのは、寛次郎の他にもう一人いたんです。弥七郎という男なのですが、昨晩、この弥七郎の家にも、化け猫が現われたそうです――」

土方は、そう話を締め括った。

八十八は、おどろおどろしい話に、身を固くしていたが、浮雲はそうではなかった。

むくりと起き上がり、眠そうに目を擦ると、ふんっと鼻を鳴らして笑った。

「いきなり現われて、つまんねぇ話をしやがって。さっさと帰れ」

浮雲が、追い払うように手を振る。

が、土方は薄い笑みを浮かべたまま、動こうとはしない。

「私は、ただ話をしに来たわけではありません」

土方が言う。

「まさか、おれに、猫又退治をやれって言うんじゃねぇだろうな」

「その、まさかです」

土方がにっと笑った。が、その目は、全然笑っていない。それ故に、強烈な圧力を感じる。

「莫迦も休み休み言え。そんな下らん話に、付き合っていられるか」

浮雲は乱暴に吐き捨てると、これで話は終わりとばかりに、瓢の酒を盃に注ぎ、ぐいっと一息に呑み干した。

が、この程度で怯むような土方ではない。

「怪異を解決するのが、あなたの生業ですよね」

土方の真っ直ぐな視線が、浮雲を搦め捕る。

「そうですよ。何とかしてあげましょう。このままだと、その弥七郎さんという人も、猫又に殺されてしまうかもしれません」

八十八が言い募ると、「阿呆が――」と浮雲に頭を小突かれた。

「忘れたわけじゃないだろ。おれの専門は幽霊だ。猫又が出たって言うなら、それは妖怪だ。おれの領域じゃねぇ」

「もちろん、それは私も分かっています。しかし、この一件を依頼してきたのは、近藤さんなんですよ」

土方が、淡々とした口調で告げる。

近藤とは、おそらく天然理心流の師範、近藤勇のことだろう。

八王子の事件のときに、八十八も顔を合わせている。まだ若いが、豪放磊落を絵に描いたような傑物で、不思議な魅力を持った御仁だ。

「どうして、近藤が、こんな話に首を突っ込む？」

浮雲の口調が変わった。

どういう関係なのか分からないが、浮雲にとって、近藤はただの知人というだけではなさそうだ。

「寛次郎と弥七郎の二人は、天然理心流の門下生なんですよ」

近藤は、いかにも面倒見の良さそうな男だった。自分の門下生が困っているのを、放っておけなかったということだろう。

しかも、既に一人、死んでいるのだ。

「誰の依頼だろうと、おれの知ったことか」

浮雲は、そう吐き捨てると、再び盃に酒を注ぐ。

さっきから酒を呑み続けているというのに、肌の白さが変わらないのが、浮雲の不思議なところだ。

「本当にそうですか？」

盃に口を付けようとしていた浮雲だったが、土方の言葉でぴたりと動きを止めた。

「何が言いたい？」

浮雲が、赤い双眸でギロリと土方を睨む。

「わざわざ、私が言うまでもなく、分かっているでしょう?」

土方がさらりと言う。

いったい、何があったのだろう?

気にはなったが、それは、触れてはいけないことであるような気がした。

「まったく……行けばいいんだろ。行けば」

浮雲は、投げ遣りに言うと、盃の酒をぐいっと呑み干し、着物の袖で口を拭った。

気のせいかもしれないが、一瞬、その口許に、いかにも楽しそうな笑みが浮かんだようだった――。

三

「猫又――本当にいるんですかね?」

八十八は、隣を歩く浮雲に訊ねてみた。

浮雲は墨で眼を描いた赤い布で両眼を覆い、金剛杖を突いて盲人のふりをして歩いている。

緋色の双眸を隠しているのだ。

八十八は、綺麗なのだから隠す必要などないと思うのだが、世の中の連中は、そうは思わないというのが浮雲の考えだ。

だが、墨で眼を描いた赤い布を巻いていたら、余計に不気味だし、目立つと思うのだが、本人はそういうところは意に介していない。

あのあと、取り敢えず猫又を見たという弥七郎に会ってみようということになり、こうして浮雲たちと足を運んでいる。

そもそも、八十八が一緒に足を運ぶ理由はないのだが、あそこまで話を聞いておいて、そのままにすることはできなかった。

もちろん、怖さはあるが、事件の真相を見極めたいという思いの方が強かった。

「まだ、そんなことを言ってんのか」

浮雲が呆れたようにため息を吐く。

この反応からして、どうやら浮雲は猫又など信じていないようだ。

しかし――。

「土方さんが、嘘を言っているとも思えません」

八十八は、案内役として前を歩く土方の背中に目を向けた。

確かに得体の知れないところはあるが、嘘を吐いて誰かを欺くような人には見えないし、そもそも、今回の一件では、土方が嘘を吐いても何の得もない。

「そんなことは分かってる」

　浮雲が不機嫌に言う。

「だったら……」

「それが阿呆だと言うんだ。歳三は、聞いた話を伝えただけだ。そうだろ――」

　浮雲が言うと、土方は僅かに振り返り「ええ」と頷いてみせた。

　なるほど――と八十八も納得する。

　言われてみれば、土方は聞いた話を伝えただけで、自分が見たものを口にしたわけではない。

　だとしたら――。

「土方さんは、猫又はいると思いますか？」

　八十八が訊ねると、土方はぴたりと足を止めた。

「そうですね……実在するかどうかは、私にも分かりかねます。しかし、別の意味で言えば、いるのでしょうな」

　背中を向けたまま土方が言った。

　正直、八十八には、土方が何を言わんとしているのか分からなかった。だが、浮雲は何かを察したらしく、ふんっと鼻を鳴らして笑った。

「さてはお前、もう、事件の真相に察しがついているな」

浮雲がずいっと詰め寄る。

「どうでしょう?」

土方は振り返り、はぐらかすように笑みを浮かべる。

やはり腹の底が見えない人だ。

浮雲が舌打ちをするのを合図に、再び歩き出した。

しばらく歩くと、長屋が建ち並ぶ一角に辿り着いた。狭い路地を曲がって行くと、無造作に木刀をぶんぶんっと振り回している少年の姿が見えた。

「あっ!」

八十八は、その顔を見て思わず声を上げた。

少年の方も、八十八に気付き、動きを止めて顔を上げると、にこっと無邪気な笑みを浮かべた。

宗次郎だ——。

年齢は十二、三歳で、見た目は極めて可愛らしい少年なのだが、その本質は外見とは遠くかけ離れている。

剣の腕が滅法強く、たった一人で十人からなる盗賊共をいとも容易く打ち倒してしまったほどだ。

しかも、闘っている最中に、盗賊たちに稽古を付けるという余裕までみせた。

「誰かと思えば、根性なしの絵描きじゃないか」

宗次郎が、蔑(さげす)んだような視線を向けてくる。

酷(ひど)い言われようだ。本当は、文句の一つも返してやりたいが、八十八は、初めて宗次郎に会ったとき、竹刀(しない)で強烈な一撃を喰らい、失神した苦い記憶がある。

結局、「どうも」と、会釈するだけになった。

「何で、あんたまでいるんだ？」

そう問われると、返す言葉に困ってしまう。

特に理由はない。強いて言うなら、ただの興味本位だ。しかし、それをそのまま口にするのは憚(はばか)られた。

「そっちこそ、どうしてこんなところにいるんだ？」

八十八が、逆に問い返すと、宗次郎はにいっと得意げに笑ってみせた。

「決まってるだろ。猫又とかって妖怪をぶっ倒すんだよ」

そう言いながら、宗次郎は木刀を構えてみせた。

怖さと興味の間で揺れている八十八とは違って、宗次郎は猫又との対決を楽しみにしているように見える。

いや、実際、楽しみにしているのだろう。

宗次郎なら、猫又が姿を現わしたとしても、難なくこれを打ち倒してしまいそうだ。

「宗次郎。弥七郎さんは、どこにいるんだ?」

　土方が会話に割って入る。

「中で、ぶるぶる震えてるよ」

　宗次郎が、ぐいっと顎を振って自分の背後の戸口を見る。

「そうか」

「まったく。あれでも、うちの門人かね。あんなんじゃ、天然理心流の名が廃(すた)るってもんだ」

　宗次郎が、嘲りに満ちた口調で言う。

　いや、誰だって妖怪を見たら恐ろしいと思うだろう。正面から闘うことを楽しみにできるのは、それこそ宗次郎くらいだ。

「取り敢えず、中に入りましょう——」

　土方に促され、八十八は浮雲と一緒に長屋の一室に入った。

「ひゃぁ!」

　戸を開けるなり、悲鳴が聞こえた。

　何事か——と慌てたが、どうやら、部屋の中にいる弥七郎が、戸の開く音に驚いただけのようだ。

　部屋の隅で、自分の肩を両腕で抱きながら、がたがたと震えている弥七郎を見て、何だか気の毒になった。

「ご安心下さい。近藤さんの使いで参りました。憑きもの落としの浮雲さんと、その助手の八十八さんです」

土方が、笑みを浮かべながら諭すように言う。

弥七郎は、少しは平静さを取り戻したのか、震えた声ながら「どうぞ」と部屋に上がるように促した。

部屋に上がろうとしたところで、ふわっと何かが舞い上がった。

それは——。

真っ黒い獣の毛だった。

四

弥七郎は、相変わらず部屋の隅でがたがたと震えていた。

胸の前でお守りを握り締め、落ち着かない様子で周囲を見回している。

色々と詳しい話を聞き出そうともしてみたが、弥七郎は「助けてくれ——」とか「許してくれ——」とか同じことを繰り返すばかりで、一向に詳しい話が見えてこなかった。

そうなってしまうほどに、猫又が恐ろしかったということなのだろう。

そんな弥七郎とは対照的に、浮雲は部屋の壁に背中を預け、片膝を立てた姿勢で座り、ちびちびと盃の酒を呑んでいる。

「これから、どうするのですか？」

手持ちぶさたな八十八は、浮雲に訊ねてみた。

「どうもこうもねぇ。待つしかねぇだろ」

浮雲が、ぶっきらぼうに言う。

「待つって何をです？」

「猫又だよ」

浮雲は、そう言いながら障子を僅かに開け、その隙間から見える月に眼を向けた。

今日は猫の目のような月だ。

「でも……現われるでしょうか？」

八十八は、そのことが気になっていた。

「何が言いたい？」

浮雲が聞き返してくる。

「ですから、猫又が現われたのは、弥七郎さんが一人のときだったのですよね。こんな風にみんなで警戒していたら、現われないかもしれません」

部屋の中では、八十八と浮雲が弥七郎を見ている。外には、土方と宗次郎がいる。

万全を期して猫又の出現を待っているのだが、こうも堂々と見張っていたら、向こうもおいそれと姿を現わさないような気がする。

猫は、警戒心の強い生き物だから、なおのことだ。

「現われなきゃ、現われないでも、おれは何も困らん」

浮雲がきっぱりと言った。

まあ、そうなのだろう。浮雲は、最初から此度の依頼に乗り気ではない。何も起きなければ、弥七郎の勘違いということで、早々に手を引くことができる。

「そうかもしれませんが、それだと弥七郎さんが……」

八十八は、部屋の隅にいる弥七郎に目を向けた。

あの震え方は尋常ではない。今晩、猫又が現われなかったからといって、何もせずに、そのままにしてしまうのは、あまりに可哀想だ。

「おれの知ったことか」

浮雲が乱暴に吐き捨てた。

「いや、しかし……」

「しかしも、へったくれもあるか。だいたい……」

浮雲が途中で言葉を切った。

さっきまで気怠げだった表情が、みるみる強張っていく。やがて、ドンッと床を踏み鳴らしながら立ち上がった。

浮雲は何かを察したらしい。

──猫又が来たのか？

考えているうちに、障子の隙間から、黒い煙のようなものが、すうっと流れ込んで来た。

「離れろ！」

浮雲に言われて、八十八は立ち上がり、黒い煙から距離を置く。

「ひゃぁ！」

部屋の隅で怯えていた弥七郎が、悲鳴を上げる。

黒い煙は、どんどん部屋の中に流れ込んで来て、気付くとまともに視界がきかないような状況に陥った。

どこかで火の手が上がったのかと思ったが、それにしては妙だ。

黒い煙に焦げ臭さはない。何だか、妙に甘ったるい臭いがしている。それに、よく見ると煙というより霧のようだ。

なぁーっ。

不意に、足許で声がした。

猫の声だ。

目を向けると、いつの間にか、八十八の足許に、黒い猫が座っていた。

「わっ！」

八十八は、慌てて飛び退いた。

猫は、その場に座ったまま、八十八の目をじっと見ている。

不気味だった。

普通、猫は目を合わせることを嫌う。それに、これだけ大きな声を出せば、逃げ出すものだ。

だが——その猫は逃げなかった。

月明かりに照らされる黒い毛並みが、より一層、不気味さを際立たせているようだった。

「来るなぁ！」

弥七郎が手足をばたばたとさせながら叫ぶ。

どこから入り込んだのだろう。弥七郎の周りにも、数匹の猫が集まっていた。

なぁーっ。

なぁーっ。

鳴き声を上げながら、弥七郎を取り囲んでいる。

「ぬっ」

浮雲が、金剛杖を使って弥七郎の周りの猫を振り払う。

それにより、一度は弥七郎から離れた猫だが、部屋から出て行くことはなかった。

なぁーっ。

鳴き声を上げながら、再び弥七郎を取り囲んでいく。

「来るなぁ！」

弥七郎は、ついに耐え切れなくなったのか、叫び声を上げながら、障子を突き破り、外に飛び出した。

猫たちが、すぐにそのあとを追いかけて行く。

浮雲も、舌打ちをしてから外に飛び出す。八十八も、急いで外に出た。

弥七郎は、路地で蹲（うずくま）るようにして震えていた。

その周りに猫が群がっている。

弥七郎を助けようと、浮雲、それに土方と宗次郎が駆け寄る。

が、それを阻むように一匹の黒猫が歩み出て来て、しゃーっと毛を逆立てて威嚇する。

さっき、八十八の足許にいた猫だ。

その猫は、威嚇の声とともに、身体がみるみる膨らんでいく。

――こ、こんなことが、本当にあるのか？

八十八が、驚きのあまり後退っている間に、その黒猫は、たちまち巨大化していき、気付けば熊と見紛うほどの巨体に変貌を遂げていた。

威嚇の声も、猫というより、虎のような猛獣を思わせる迫力があった。

「こ、これが猫又」

こんな化け物——いったいどうすればいいんだ？

ただ恐怖に震えている八十八を余所に、宗次郎がぴょんっと飛び跳ねるようにして黒猫と対峙した。

その口許には、薄らと笑いを浮かべている。

これだけ異様な状況にあるにもかかわらず、宗次郎は明らかに楽しんでいた。

「お前が猫又か？　さっさとやろうぜ」

宗次郎が、木刀を構えてみせる。

いくら宗次郎が強いと言っても、それは、人間が相手だった場合の話だ。こんな化け物が相手で、どうにかなるとは思えない。

八十八の心配などお構いなしに、宗次郎が巨大な猫又に打ちかかった。

目にも留まらぬ一撃だったはずなのに、猫又は巨体に似合わぬ素早さで、ひらりと躱してしまった。

逆に、宗次郎に向かって素早い爪の一撃で襲いかかる。

宗次郎は、地面を転がるようにして、何とかその攻撃を躱す。

避けられたから良かったようなものの、あんなに巨大な爪の一撃を受けたら、それだけであの世行きだ。

そんな危機的状況なのにもかかわらず、立ち上がった宗次郎は、まだ笑っていた。

「何だ。めちゃめちゃ強いじゃないか」

呟くように言った宗次郎の声は、震えるほど冷淡で、恐ろしいものだった。

「土方さん。真剣貸してよ」

宗次郎が冷徹な笑みを浮かべたまま、土方に言う。

いつの間に用意したのか、土方は鞘に納められた真剣を、宗次郎に手渡した。

宗次郎は、鞘から刀を半分ほど抜く。月明かりに照らされて、刀の刃が怪しく光っている。

そして、その光を受けた宗次郎の顔は、この上ないくらいに恍惚感に満ちていた。

「次は、仕留めるよ」

宗次郎は、威嚇を続ける猫又に向かって言うと、刀を鞘に納めて腰に差した。そのまま重心を低くして抜刀の構えを取る。

宗次郎の身体から放たれる気に、八十八は圧倒された。

今、目の前にいるのは、本当に人の子か——と疑いたくなるほどだ。

言うなれば——鬼の子だ。

だが——。

木刀を真剣に換えたところで、相手に当たらなければ何の意味もない。

「宗次郎の剣は、段違いに速くなりますよ」

土方が、八十八の心中を察したように言う。

「え？」

「真剣での宗次郎の抜き付けは、速さも、伸びも、木刀とは比べものになりません。あれを躱せる者は、そうそういないでしょうね」

土方は、目を細めて楽しそうに宗次郎を見ている。

——それほどまでに違うのか？

確かに、目つきや雰囲気は、明らかにさっきまでとは違う。だが、そんなにも太刀筋が変わるものだろうか？

素人の八十八には、到底、判断できるものではない。

八十八が考えているうちに、宗次郎がすっと息を吸い込み、真っ直ぐに猫又を見据えた。

ぴんっと空気が張り詰める。

猫又も、これまでとは異なる何かを察したのか、そこから動こうとはしない。

長い間があった。
このまま、朝を迎えてしまうのではないかと思うほどだ。
と、そのとき、一陣の風が吹いた。
それが合図であったかのように、宗次郎が抜刀した。
八十八の目には、映らないほどの速さだった。
気付いたら、刀を抜いて斬りかかっていたという感じだ。
だが――。
そんな宗次郎の渾身の一撃ですら、猫又は難なく躱してしまった。
もしかしたら、自分たちはとんでもない化け物を相手にしてしまったのかもしれない。
このまま、皆殺しにされる――。
「もう駄目だ……」
八十八の口から思わず零れ出た。
次の瞬間、猫又はふっと空気に溶けるように目の前から消えてしまった。
ただの勘違いかもしれないが、猫又が消える前、人の形に変化したように見えた。
――何が起きたんだ？
考えている間に、猫たちも、散り散りになって闇に消えていった。
あとには、最初から何もいなかったかのような、静寂が残されていた。

謎は残るが、取り敢えずは全員無事だったことに、八十八はほっと胸を撫で下ろした。

「歳──」

浮雲が、土方に目配せをする。

たったそれだけで、土方は何かを察したらしく、小さく頷き、どこかに駆け出して行った。

まさか、猫又を追ったのだろうか？

「何なんだよ！」

八十八の思考を遮るように、金切り声が響いた。

宗次郎だった。

真剣を持ったまま、だらりと手を垂らし、猫又が消えた闇をじっと見つめている。

「まだ、始まったばかりじゃないか……」

宗次郎が、口惜しそうにそう続ける。

だが、その言葉が強がりであることは、八十八にも分かった。

あのままやり合っていたとしても、宗次郎は勝つことができなかっただろう。

それとも宗次郎は、まだ本気ではなかったのだろうか？

五

翌日、八十八は昼前に家を出て、浮雲が根城にしている神社に向かっていた。

昨晩の猫又の一件のあと、浮雲はろくすっぽ説明もせず、早々に引き揚げてしまった。

お陰で、八十八は、あれは何だったのか――と悶々とした夜を過ごすことになった。

「八十八さん」

馴染みの居酒屋、丸熊の前を通りかかったところで声をかけられた。

涼やかな響きのある声――。

振り返る前から、誰なのかは分かっていた。

「伊織さん」

八十八が声を上げると、伊織は小さく会釈しながら笑みを浮かべた。

おそらく、朝の稽古を終えた帰り道といったところだろう。長い髪を一つにまとめて、稽古着に木刀を携えた恰好をしている。

凛とした佇まいでありながら、可憐な花のような愛らしさに満ちている。

武家の娘であるにもかかわらず、町人である八十八などに、こうして気軽に話しかけてくれることからも分かるように、分け隔てのない優しさをもっている。

「昨晩は、大変だったようですね」

伊織が形のいい眉を寄せながら口にした。

どうやら、猫又の一件は、もう伊織の耳に入っているようだ。

「いえ。私は、特に何かしたわけではありませんので……」

謙遜したわけではなく、それが事実だ。

八十八は、ただ目の前で起きていることに動揺し、怯え、呆然と見ていただけに過ぎない。今に至るも、何が起きたのか分からないという始末だ。

そのことを説明すると、伊織は「そうでしたか——」と何度か頷いた。

「やはり、妖怪だったんでしょうか？」

伊織が訊ねてくる。

「それは、私にも分かりません。何しろ、あんなものを見たのは、初めてのことでしたから」

「そんなに恐ろしかったのですか？」

「はい」

八十八は大きく頷いた。

これまで、あれほど恐ろしいものを見たことがなかった。

単に身体の大きい猫というだけではない。あの猫の周りには、禍々しい何か——が渦巻いているようだった。

「八十八さんは、これから、どうされるんですか？」

話が一段落したところで、伊織が訊ねてきた。

どうする——と問われても、残念ながら、八十八に何か策があるわけではない。

だから——。

「浮雲さんのところに足を運んで、どうするか訊ねようと思っているんです」

「大丈夫ですか？」

伊織が、怪訝そうな表情を浮かべた。

言わんとしていることは分かる。此度の一件が、妖怪の類であった場合、浮雲では手に負えない。

これは常々、浮雲自身が口にしていることで、伊織もそれを知っているからこその心配なのだろう。

「私も、そのことは引っかかっていますが、浮雲さんは、幽霊が見えるということだけが特技というわけではありません」

浮雲は、洞察力にすぐれ、集めた事柄から、事の真相を見通すことができる。

これまで、数多くの事件を解決に導いてきたのは、単に幽霊が見えるというだけでなく、その洞察力によるところが大きい。

今回も、八十八など思いもよらない何かを摑んでいるのかもしれない。

その上、剣の腕も相当なものだ。浪人風情なら、瞬く間に打ち倒してしまうほどの腕を持っている。

八十八がそのことを口にすると、伊織は「違います」と頭を振った。

「何が違うのですか?」

「私は……その……八十八さんが心配なのです」

伊織が、八十八の視線から逃れるように、顔を背けながら言った。

いつも凜としている伊織が、どこか狼狽えているように見えた。

「どうして、私が心配なのです?」

「そんな恐ろしいことにかかわって、もしものことがあるかもしれないじゃないですか」

伊織が、少し怒ったような口調で言う。

八十八のような町人を、心配してくれているのは有り難いが、どうしてそんな怒った口調になるのだろう。

「心配して頂けるのは有り難いですが、弥七郎さんを、あのままにしておくわけにはいきません」

八十八は、口にしながら、昨晩の弥七郎の怯えようを思い出していた。

弥七郎が感じている恐怖は、並々ならぬものなのだろう。それに、このままいけば、やがて猫又に殺されるのは目に見えている。

「そうですね……八十八さんは、そういう人でしたね」

伊織がようやく八十八に顔を向け、苦笑いを浮かべた。何だか、呆れられているような気がする。

「単にお節介なのです。姉にも、他人の心配より自分の心配をしろ——とよく叱られます」

八十八が言うと、伊織が口許を押さえながらふふふっと笑った。

「お小夜さんの気持ち、よく分かります」

「すみません」

「いえ。八十八さんが謝ることではありません。それが、八十八さんの良いところなのですから」

「良いところなのでしょうか？」

「もちろん、良いところです。私も、それに救われていますから」

——救う？

八十八は、訳が分からず首を傾げた。

これまで伊織には、何度も助けてもらったが、逆であったことなど、ただの一度もないような気がする。

そう言おうとした八十八だったが、それより先に、伊織が「でも――」と口を開く。

「何ですか？」

「此度の一件、もしかしたら、何か裏があるかもしれません」

伊織の言葉に、八十八はドキリとした。

「裏とは、どういうことです？」

「いえ。明確な根拠があるわけではないのです。ただ……」

「何でしょう？」

「良からぬ噂を耳にしたものですから――」

「どんな噂ですか？」

「寛次郎さんと、弥七郎さんですが……」

伊織は頭を振り、途中で話を打ち切ってしまった。

「どうかしたのですか？」

「根拠のない噂話を、あれこれ喋るのは、良くないと思いまして……」

「いや、しかし……」

「お世話になっている道場の門下生の方ですし、余計なことを言うべきではありませんでした」

「あっ、でも……」

そんな風にはぐらかされては、余計に気になってしまう。

「すみません。忘れて下さい――」

伊織は、そう言うと、早々に立ち去ってしまった。

あとを追いかけて問い質すのも憚られる。何だか釈然としないが、致し方ない。

八十八は、とぼとぼと歩き始めた。

浮雲の神社が見えてきたところで、「申し――」と声をかけられた。

目を向けると、易者らしき男が、道端に店を出していた。

左目に大きな傷がある、隻眼の男だった。左腕も肘から下が欠けている。他にも、顔や首筋などに幾つも傷があり、痛々しい感じがする。

「申し――」

易者の男が再び言う。

「私ですか?」

「ええ。あなたです」

「何でしょう?」

「あなたの顔には、災厄が降りかかる相が出ております」

易者が、低い声で言った。

「はい。世にも恐ろしい災厄で御座います」

易者が、右目をかっと見開き、八十八を見据える。

充血して、ギラギラとした光を放つその目を見ているだけで、何だか胸の奥が疼き、不安な気持ちになってくる。

「災厄とは、何です？」

「私が申すまでもなく、あなたには、もうお分かりではないのですか？」

易者が、がさがさに乾いた唇に笑みを浮かべた。

「な、何のことでしょう……」

思わず声が上擦った。

「猫——と言えば、お分かりになりますか？」

易者が言った。

八十八は、思わずビクッとなった。もしかして、この易者は、猫又との一件を知っているのだろうか？

訊ねてみようかと考えたが、思うように言葉が出てこなかった。

「これを、お持ちなさい」

易者が懐から、お守り袋を取り出し、八十八に差し出してきた。

「いや、私は……」

「ご安心下さい。お代は頂きません」

易者がゆっくりと立ち上がった。

座っているときは分からなかったが、こうして立ち上がると、見上げるほど大きな体格をしていた。

易者は、ずいっと八十八に歩み寄ると、右手にお守りを握らせた。

「あの……」

「そのお守りは、いざというときに、必ずやあなたを守ってくれるでしょう」

易者は、それだけ言うと、もう八十八に興味をなくしたのか、元の場所に座り、何やら書き物を始めた。

――どうしたものか？

八十八は、しばらくお守りを見つめたまま、困惑していた。このまま、お守りを返すことも考えたが、それは失礼に当たるような気がしてできなかった。

「ありがとうございます――」

結局、八十八は、易者に礼を言って立ち去ることにした。

六

「おはようございます」

八十八は、声をかけながら、浮雲が根城にしている神社の社の戸を開けた。

「何だ。八か――」

浮雲は、壁に寄りかかり、片膝を立てた姿勢でちびちびと盃の酒を呑んでいた。

急いで来たのが、莫迦らしく思えるほど呑気な様子だ。

「何だ――ではありませんよ。昨晩の一件ですよ」

八十八は言いながら、浮雲の向かいに腰を下ろす。

「あの件か……。まったく。歳三の阿呆め。厄介なことに巻き込みやがって……。おまけに金にもならねぇ……」

浮雲は、ぶつぶつと不満を並べてから、盃の酒をくいっと呑み干した。

言いたいことは分かるが、今は愚痴を並べているときではない。

「どうするつもりですか？」

八十八が問うと、浮雲はぐいっと左の眉を吊り上げた。

「どうするとは？」

「ですから、猫又ですよ」

八十八は思わず声を荒らげた。

「どうするも、こうするもねぇよ。かかわっちまった以上は、放っておくこともできん。一応は、何とかするさ」

半ば自棄になったような口調で浮雲が言う。

口では何だかんだ言いながらも、情に厚いところがあるのが、浮雲の唯一と言ってもいい長所だ。しかし——。

「妖怪は、専門外じゃないんですか？」

八十八には、それが引っかかっていた。

昨晩見た猫又は、どう考えても妖怪だ。幽霊以外は手に負えないと常々口にしているのは、誰あろう浮雲自身なのだ。

「お前には、あれが妖怪に見えたか？」

「はい」

八十八は、大きく頷いた。

今さら、何を言っているのだろう。熊ほどに巨大化した猫など、妖怪以外にあり得ない。

「まあ、そう見えるか……」

浮雲は、気怠げに言うと、尖った顎に手を当てた。

何だか今日の浮雲は、いつもと様子が違う。どこか、上の空といった感じだ。

「あの……」

言いかけた八十八の言葉を遮るように、社の戸が開き、一人の男が中に入って来た。

「八十八さんもいらしていたんですか」

土方だった。

「おはようございます。どうしても、昨晩のことが気にかかりまして……」

八十八が答えると、土方は「そうでしょうね」と言いながら、背中に背負っていた薬箱を下ろし、空いているところに腰を下ろした。

昨晩、あんなに恐ろしいものを見たというのに、さほど応えていないらしく、うっすらと笑みを浮かべている。

相当に神経が図太いのだろう。

「それで、どうだった？」

浮雲が土方に問う。

「まあ、色々と大変でしたよ。弥七郎は、昨日にも増して怯えてしまっています。それに宗次郎の落ち込みようといったら、酷いものでしてね」

土方は、話の内容とは裏腹に、楽しそうに笑いながら言う。

「なぜ、宗次郎が落ち込むのです？」

八十八は、訳が分からず訊ねた。

「猫を斬れなかったからですよ」

土方の答えを聞き、八十八は「ああ」と納得する。

確かに、あのとき宗次郎は、酷く落ち込んでいた。己の剣の腕に、絶対的な自信を持っていたにもかかわらず、猫又に一太刀も浴びせることができなかったのだ。

「でも、それは仕方ないんじゃないんですか？」

相手が人間ならまだしも、妖怪だったのだ。そんなものを相手にしたのだから、勝てなかったとしても、別に恥じ入ることではない。

「まあ、普通ならそうでしょうね。しかし、宗次郎は違います」

「え？」

「宗次郎にとって、相手が誰であったのかなど問題ではないんです。あれは、闘いの中でしか、己を見出せない子ですから――」

そう言った土方の目は、儚いものでも見るような、哀しさに満ちていた。

宗次郎が何を考え、土方が何を思っているのかは、八十八には到底計り知れない。ただ、その腹の底には、とてつもなく暗い闇が横たわっているように感じられた。

「宗次郎のことなんざ、おれの知ったことじゃねぇ。それより、頼んでいたことは、どうなっている?」

　浮雲が話に割って入ってきた。

「そうでしたね——」

　土方はそう言うと、懐から紙を取り出し、浮雲に差し出した。

　浮雲はその紙を広げて目を通す。

「それは何です?」

　八十八が訊ねる。

「猫又が生まれたと思われる場所です」

　答えたのは土方だった。

「猫又が生まれた場所?」

「はい。昨日、お話しした、例の女が猫と暮らしていたという家ですよ」

　土方の説明を聞き、八十八も思い出した。

　猫を飼っていた女が、恋仲にあった男に斬り殺された。その場所に、猫又が現われるようになったという話だった。

「で、調べはついたのか?」

　浮雲が土方に問う。

「ええ。だいたいのところは——」

土方が含みを持たせた笑みを浮かべる。

浮雲が「話せ――」と促すと、土方は小さく頷いてから話し始めた。

「その場所に住んでいたのは、おりょうという女です。たいそう器量がよく、評判の女でした。おりょうの両親は、居酒屋を営んでいたようです。おりょうは、看板娘としても受けがよく、常連客も相当いたって話です」

「それで――」

浮雲が盃の酒を口に含みつつ先を促す。

「その頃から、客が餌をやったりするもんだから、猫が集まるようになっていたそうです。周囲では、猫屋なんて呼ばれていたみたいですね」

「猫屋」

浮雲が呟くように言いながら、尖った顎に手を当てた。

「ところが、二年ほど前に、おりょうの両親が、相次いで流行病で亡くなりましてね。店も閉めることになったそうです」

「そのあとは、どうなったんですか？」

八十八は、同情とともに訊ねた。

両親を相次いで亡くしたとなると、おりょうはかなり消沈したことだろう。おまけに、江戸で、女一人で生きていくのは、相当に大変だったはずだ。おりょうは、いったいどうやって暮らしていたのだろう？

「内職のようなことをしながら、生計を立てていたらしいのですが、苦しい生活だったようです。頼れる親類もなく、行くところもなかったそうです」

「誰か、助ける人はいなかったのですか？」

八十八が訊ねると、土方は顎を引いて頷いた。

「いましたよ——」

「良かった」

ほっとする八十八とは対照的に、土方の目は冷え冷えとしていた。

「でも、それが、悲劇のきっかけになってしまった」

「ど、どういうことですか？」

「店を開けているとき、常連だった、忠久という男がいましてね。この男が、おりょうと恋仲にあり、色々と面倒を見ていたようです」

「それで、どうなったんですか？」

八十八は、息を呑み込んだ。

「忠久は、武家の息子だったのですが、心底、おりょうを好いていたそうです。身分を捨ててでも、おりょうと一緒になろうとしていたらしいです」

「だったら、どうして……」

「ただ、おりょうには生活していくための金がなかった。そこで……忠久に黙って、ある商売を始めました」

女一人で、始められる商売などあるだろうか？　あれこれと考えてみたが、何も思いつかなかった。

「いったい、何の商売を始めたのですか？」

「女が一人――売るものといったら、一つしかないでしょう」

土方が目を細めた。

さすがの八十八も、それで分かった。

おりょうは、男たちに身体を売っていたということだろう。そうやって日銭を稼いでいた。

器量がいいと評判の看板娘だったとしたら、客も多かっただろう。

「で、そのことが忠久に知れたってところか」

浮雲が、盃の酒を呑みながら投げ遣りに言った。

「ええ。忠久は、激怒しましてね。可愛さあまって憎さ百倍といったところでしょうか。猫もろとも、おりょうを滅多斬りにして、行方をくらました――というのが、噂のあらましですね」

八十八は、声も出なかった。

何と哀しいことか。おりょうだって、好きで身体を売っていたわけではないだろう。両親を失ったおりょうが、生きていくには、それしかなかった。

だが、忠久の立場に立ってみれば、生活の為とはいえ、とても受け容れられるものではなかったのだろう。

まして、忠久は武家の子でありながら、その身分を捨ててまで、おりょうと添い遂げようとしていたのだ。

──もっと、別の道はなかったのだろうか？

今さら、八十八がそんなことを考えても無駄だと分かっていながら、考えずにはいられなかった。

そんな二人の愛憎に巻き込まれ、命を落とした猫が、昨晩の猫又に化けたのだとしたら、それもまたやり切れない。

「それで、もう一つの頼み事は、どうなった？」

長い沈黙のあと、浮雲が改めて土方に目を向ける。

「そちらは、調べるのに、もう少し時間がかかりそうです。ただ、大方、あなたが推察した通りではないかと──」

土方が、含みを持たせた言い方をした。

八十八には、何の話だか分からないが、浮雲はすぐに察したらしく「そうか──」と納得したように頷いた。

一人だけ、置いてけぼりにされた気分だ。

「まあ、何にしても、行ってみるしかなさそうだな」

浮雲が、盃の酒をぐいっと呑み干してから立ち上がった。

「行くって、どちらにですか？」

八十八が訊ねると、浮雲は小さくため息を吐いた。

「お前は、話を聞いてなかったのか？」

呆れたような浮雲の視線を受けて、八十八ははっとなった。

そうだった。これまでの話を聞いていれば、これから浮雲が何処に行こうとしているかなど、訊ねるまでもない。

「猫又の生まれた場所ですか？」

八十八が口にすると、浮雲は案の定、「そうだ」と頷いた。

「本当に行くのですか？」

「当たり前だ。行かなければ、何も始まらん」

——それはそうだ。

社に集まって、あれこれ話しているだけでは、事件は解決しない。

「行くか？」

浮雲が問いかけてきた。

すぐに返事をすることができなかった。

猫又が生まれたという場所に行ったからといって、簡単に事件が解決するとは思えなかった。

いや、そんなものは言い訳だ。

本音を言えば怖い。その場所には、猫又がいるかもしれないのだ。のこのこと足を運んで、無事で済むとは到底思えない。

だが、興味があるのも事実だ。猫又が生まれたのは、いったいどんな場所なのか、見てみたいとも思う。

散々迷った挙句、八十八は「行きます――」と答えていた。

怖さより好奇心が勝ったのだ。

七

「ここですか?」

八十八は、神田川の岸辺にある家を見上げながら口にした。

雑草が生い茂り、周囲に大きな木々が聳えているせいか、鬱蒼としている。家の柱は腐りかけ、半分倒壊している。

浮雲が住処(すみか)にしている神社が、まともに見えてしまうほどだ。

「そのようだ」

両眼を覆うように赤い布を巻き、金剛杖を突いた浮雲が、ずいっと足を踏み出した。

八十八は、咄嗟(とっさ)にその腕を摑んだ。

「何だ?」

浮雲が、迷惑そうに墨で描かれた眼で睨んでくる。

「そんな不用意に足を踏み入れて、大丈夫なものでしょうか?」

八十八には、それが気がかりだった。

もし、あの家の中に、猫又が潜んでいたりしたら、ひとたまりもない。八十八が、そのことを言い募ると、浮雲がふんっと鼻を鳴らして笑った。

「何が猫又だ」

吐き捨てるような浮雲の言葉を聞き、八十八は「え?」と声を上げる。

「まさか、お前は本気で猫又なんて信じてるわけじゃねぇだろうな」

浮雲の言葉に、八十八は混乱するばかりだった。

信じるも何も――。

昨晩見たではないか――。

口にしようとしたが、どういうわけか、思うように言葉が出てこなかった。

「そんなに怖いなら、ここにいろ」

浮雲は、そう言うと金剛杖を突きながら、さっさと歩いて行ってしまう。

あとを追いかけるべきか、それともここに留まるべきか——迷っているところに、びゅうっと音を立てて風が吹いた。

がさがさと木の枝が揺れ、枯れた葉が何枚か、はらはらと舞い降りてきた。

途端、八十八は恐ろしくなった。

何も猫又がいるのは、家の中とは限らない。あの鬱蒼とした木々の奥に潜んでいて、八十八が一人になるのを見計らって襲いかかって来るかもしれないのだ。

「待って下さい」

八十八は、いても立ってもいられなくなり、浮雲の背中を追いかけた。

「何だ？　待ってるんじゃなかったのか？」

浮雲が意地の悪い笑みを浮かべる。

一人にされるのは怖い——とは素直に言えず、「浮雲さん一人では、何かあったときに拙いでしょ」などと強がってみせた。

浮雲は、八十八の心の底など疾うに見透かしていたのだろうが、ふんっと鼻を鳴らして笑っただけで、それ以上は何も言わなかった。

そのまま二人で、家の戸口の前に立った。

戸は開けるまでもない。完全に外れてしまっている。

おまけに、戸口の柱も腐りかけていて、今にも音を立てて倒れてしまいそうなほど傾いていた。

浮雲の背中越しに中を覗いてみる。

昼間だというのに、中は暗く、奥に何があるのかよく見えなかった。まるで、洞窟の入り口のようだ。

「さて——何が出るかな」

浮雲が戸口を潜ると、両眼を覆っていた赤い布をはらりと外した。

八十八は、浮雲の背中に隠れるようにして中に入った。

「うっ」

入った瞬間、八十八は思わず鼻を押さえた。

噎せそうになるほど黴臭い。いや、それだけではない。獣の臭いも漂っているような気がする。

浮雲は、土間から部屋に上がる。

八十八もそのあとに続いた。

畳も、ところどころ腐っていて、変色しているだけでなく、ずぶずぶっと沈み込むような感触があった。

八十八は早くも、一緒に来たことを後悔し始めていた。

浮雲は、そんな八十八のことなどお構いなしに、あちこち見て回っている。

「何かありましたか?」

八十八が訊ねると、浮雲は「何も――」と答えながら、さらに襖を開けて奥の部屋に入って行く。

あとについて行こうとした八十八だったが、思わず足を止めた。

浮雲が入って行った部屋は、八十八のいる部屋より、さらに闇が深かった。一度入ったら最後、もう戻って来られなくなると思うほどの闇だ。

八十八は、身体を固くして、屈み込んで何かを調べている浮雲の背中を、じっと見つめながら待った。

しばらくそうしていた八十八の背後で、ガサガサッと何かが動く音がした。

ビクッとして振り返る。

だが、そこには何もいなかった。穴だらけになった障子があるだけだ。

ほっと胸を撫で下ろし、畳に視線を落とした八十八は、妙なことに気が付いた。

畳にできた染みは、腐ったからそうなったのだと思っていた。だが、それにしては色が変だ。

茶色っぽく見えるが、目が慣れるにつれて、それは赤黒い色であるような気がしてきた。

この色は――。

まるで、血の痕ではないか――。

そう思うのと同時に、土方がしていた話が脳裏に蘇る。

この家で猫を飼っていた女が、恋仲の男に斬り殺された。しかも、滅多斬りの惨殺だったという。

もしかして、畳の染みは、そのときにできた血痕ではないのか。

改めて足許に目をやると、知らず知らずのうちに、染みを踏んでしまっていることに気付いた。

八十八は「ひゃっ！」と悲鳴を上げながら飛び退いた。

しかし、その拍子に体勢を崩し、尻餅をついてしまった。慌てて立ち上がろうとした八十八の耳に、

なぁーっ。

と、猫の鳴き声がした。

はっとなり、目を向けると、障子に空いた穴から、こちらを覗いている目があった。

黄色っぽい眼球に、縦長の楕円形の黒い瞳――。

あれは猫の目だ。

なぁーっ。

別の場所からも、猫の鳴き声がした。

上からだった。

目を向けると、天井にできた穴から、じっとこちらを見つめる目があった。

あれもまた——猫の目だ。

それだけではない。

土間の奥、さらには、押し入れに空いた穴——あちこちから猫の光る目が、八十八を見据えていた。

「ひゃぁ！」

気付いたときには、八十八は悲鳴を上げながら駆け出していた。

——早く逃げなければ。

急ぐほどに、身体の動きが、不自然になっていくような気がしたが、そんなことに構ってはいられなかった。

すぐに、この家から逃げ出したい。その一心で駆けた。

戸口を出たところで、ほっと安堵(あんど)した。しかし、気を抜いた拍子に、何かに躓(つまず)き、前のめりに転倒してしまった。

膝をしたたか打ち付け、強烈な痛みが走る。

「痛たたっ」

何とか上体を起こしたところで、脳天にゴツンと何かがぶつかるような衝撃があった。

顔を上げると、浮雲が呆れた顔で立っていた。

どうやら、浮雲が八十八の脳天に拳骨を落としたらしい。

「な、何をするんですか」

八十八が息巻くと、浮雲は苦笑いを浮かべた。

「何をするんですか――じゃねぇよ。お前は、何を騒いでいやがる」

――何をって。

「ね、猫が」

「猫がどうした？」

「猫が、たくさんいました」

「で？」

「で――じゃないですよ。猫がいたんですよ」

「ああ。いたな」

「気付いてたんですか？」

「当たり前だ。入ったときから、ずっとうろうろしていただろ」

——そうだったのか？

どうやら、暗さのせいで、八十八が単に気付いていなかっただけのようだ。いや、八十八が言いたいのは、そういうことではない。

「あの猫を見て、何とも思いませんか？」

「思わん」

浮雲がぴしゃりと言う。

「いや、しかし……」

「たかが猫くらいで、いちいちびびるんじゃねぇよ」

浮雲が、再び八十八の脳天に拳骨を落とした。

たかが猫——と浮雲は言うが、八十八からしてみれば、この状況において、猫が現れるだけで怖いのだ。

むしろ、昨日の今日で猫を見て、平然としていられる浮雲の方がおかしい。

文句の一つも言ってやろうかと思ったが、浮雲が何かを見つけたらしく、その場に屈み込んだ。

「何だ、これは」

浮雲が拾い上げたのは、お守りだった。

何だろう——と目を向けた八十八は、はっとなった。それは、おそらく、自分のものだ。

さっき転んだときに、落としてしまったのだろう。

八十八が、易者から貰ったお守りであることを説明すると、浮雲は怪訝な表情を浮かべながら、赤い双眸でお守りを吟味し始めた。

お守りを手にした浮雲の顔が、みるみる強張っていく。

「あの野郎……」

浮雲は、全てを納得したように吐き捨てたが、八十八には何のことだかさっぱり分からなかった。

「このお守りが、どうかしたのですか？」

「どうもこうもねぇ。つまらねぇことを、企みやがって……」

浮雲の声が怒りに震えていた。

「企みとは、いったい何のことです？」

「おれたちは、最初から奴の掌の上だったってことだよ」

奴とは、いったい誰のことなのか？　掌の上とは、どういう意味なのか？　そんな曖昧な言い回しでは、ますます分からなくなる。

「あの……」

「これから、憑きものを落としに行くぞ——」

浮雲は、すっと立ち上がり、金剛杖で地面をドンッと突いた。

八十八には、何が何だかさっぱり分からないが、どうやら浮雲は事件の真相に辿り着いたようだ。

八

「何をしているんです？」

八十八は、焦れた口調で訊ねた。

馴染みの居酒屋、丸熊の二階の座敷だ。

浮雲は、憑きものを落としに行くぞ――と宣言した癖に、弥七郎のところには向かわずに、丸熊の座敷で、天ぷらなどをつまみながら、呑気に酒を呑んでいる。

「せっかちな男だな」

浮雲は、気怠げに言ったあと、零れそうなほど盃に満たされた酒を、啜るように呑んだ。

八十八は、別に急いているわけではない。言葉に合わない行動をとっている浮雲に、どうしてか――と問うているだけだ。

八十八が、そう言い募ると、浮雲は、はあーっと長いため息を吐いた。

「憑きものは落とす。だが、その前に準備ってものがあるんだよ」

「酒を呑むことが、準備になるとは思えません」

八十八は毅然として言う。

「だから、お前は急いているというんだ」

「どうして、そうなるんですか」

「おれはな——待っているんだよ」

「何をです？」

「そのうち分かる」

そう言って、浮雲は意味深長に笑った。

これまでの経験で分かっている。こうなったら、浮雲は何を訊いてもはぐらかすだけだ。八十八は、仕方なく口を閉ざして待つことにした。

「来たな——」

しばらくして、浮雲が赤い双眸を襖に向けながら言った。

それが合図であったかのように、すっと襖が開き、男が部屋に入って来た。土方だった——。

ここは二階だ。普通なら、階段を上る足音が聞こえるのだが、土方はいつも、音もなく現われる。

「遅かったな」

浮雲が、ぶっきらぼうに言う。

「そう言うなら、少しはご自分で動いたらいかがですか？」

土方は、薄い笑みを顔に貼り付けたまま応じる。

「こんな形(なり)では、誰も本音を話さん」

浮雲が苦笑いを浮かべる。

おそらく、赤い双眸のことを言っているのだろう。浮雲は、自分のその赤い瞳が、他人を怯えさせると思っている。

「その眼だからこそ、集められる話もあるでしょう」

「阿呆が。時間がかかって仕方ない」

「まあ、そうかもしれませんね」

土方は、ふっと視線を足許に落とした。

「それで。何か分かったか？」

浮雲が問うと、土方は腰を下ろして、懐から紙包みを取り出し、畳の上を滑らせるようにして差し出した。

浮雲は、それを手に取り、包みを開く。

覗き込んでみると、中には黒い粉末が、ごく少量入っていた。

った。

――何だろう?

八十八が、顔を近付けてよく見ようとすると、浮雲が「止せ(よ)」と肩を押さえながら言った。

鼻息で、粉末が飛んでしまうことを危惧したのかもしれない。

「で、こいつの正体は?」

浮雲が問うと、土方の口の端がにっと吊り上がった。

「あなたが、推察した通りのものでした」

「やはり、そうか」

浮雲は大きく頷き、紙包みを閉じて懐に仕舞う。

「それから、身辺を当たってみましたが、あの連中は、色々と問題がありそうですね」

土方が声を潜める。

あの連中とは、いったい誰のことなのか――訊ねようかと思ったが、思うように言葉が出てこなかった。

それはおそらく、土方が放つ独特の気のせいだろう。

「どんな問題だ?」

浮雲が鋭い眼光を土方に向ける。

「まあ、色々です。普段は、それほどでもないのですが、酒が入ると見境がなくなるようですね。女を無理矢理襲ったり、喧嘩をふっかけたりと、酷いものだったようです。人を斬ったというような話を吹聴したりもしていたようですね」

　誰のことなのか分からないが、八十八の中に、ふつふつと怒りが湧いた。酒に酔って悪事を働くなど、最低の人間のやることだ。

「それで、そちらはあの場所に足を運んで、何か分かったのですか？」

　今度は土方が浮雲に問う。

「いや。あの場所では何も――」

　浮雲が、小さく首を振った。

　あの場所とは、猫がいたあの廃屋のことだろう。浮雲は、色々と調べていたようだが、何かを見つけた風ではなかった。

「今の言い様、他で何かを見つけたようですね」

　土方が、いかにも楽しげに言う。

　浮雲は大きく頷くと、懐からお守りを取り出し、それを土方に投げた。八十八が落としたお守りだ。

「これが、どうかしたのですか？」

　土方がお守りを手に取りながら問う。

「中を見てみろ」

浮雲の言葉を受け、土方はお守り袋を開けて、中を覗き見る。その途端、土方は「ほう」と感心したような声を上げた。

八十八は、中を見ていない。浮雲と土方は、お守りの中身から何を見つけたというのだろう。

「これをどこで？」

土方が訊ねてくる。

浮雲は、自分で説明するのが面倒になったのか、八十八に目配せしてくる。

こういうときだけ、他人任せにする。八十八からしてみれば、そのお守りが、何を意味するのか見当がついていない。できれば、それを先に説明して欲しいものだ——。

不満に思いながらも、八十八はお守りを手に入れることになった経緯を、土方に話して聞かせた。

「弥七郎って男も、同じお守りを持っていた」

浮雲が、最後にそう言い添える。

「え？　そうなのですか？」

八十八は、驚きとともに声を上げる。

「何だ。気付いてなかったのか」

「全然気付きませんでした」

「だから、お前は阿呆だというんだ」

浮雲が呆れたようにため息を吐いた。

腹は立つが、気付かなかったのは、八十八の落ち度だ。それに、問題は別のところにある。

「そのお守りが、何か関係あるんですか？」

八十八が問うと、浮雲は険しい顔でわずかに頷いた。

「ある」

「どう関係あるのですか？」

「そのうち分かる」

またこれだ。

こうやって、はぐらかされてばかりでは、さすがに苛立ち(いらだ)が募る。あれこれと問い質そうとしたが、浮雲はそれを遮るように立ち上がった。

「さて。そろそろ行くとするか――」

浮雲の赤い双眸が、八十八には見えない何かを見据えていた。

九

月が出ている――。

今夜も、猫の目を思わせる月だ。

八十八は、怯えと興味を抱きながら、浮雲と歩いていた。

浮雲は、赤い布で両眼を覆い、金剛杖を突いて盲人のふりをしている。

果たして、浮雲は、どうやってあの化け物を祓うつもりなのか――それが、どうしても気になった。

それに、ここに来る前、土方に何かを指示して別行動をさせたのも引っかかる。

浮雲はいったい何を考えているのか？

その横顔を眺めてみたが、真意を汲み取ることはできなかった。何にしても、ここまで来たら、取り敢えずは行ってみるしかない。

弥七郎の住む長屋に足を運ぶと、戸口の前に宗次郎が立っていた――。

「何だ。あんたたちも来たのか」

宗次郎は、こちらの姿を見つけると、へらへらと笑みを浮かべながら言った。

土方からは、落ち込んでいるような話を聞いていたが、今の顔を見る限り、あまり応えてはいないようだ。

「まだ、猫又を斬る気でいるのか？」

浮雲が、呆れたような口調で言いながら、宗次郎が持っている刀に顔を向けた。

宗次郎は、鞘に納めた真剣を手にしていた。

「当たり前だ。今度こそ、あいつをぶった斬ってやる」

口調は無邪気な子どもそのものなのだが、細められた目には、ぞっとするほど冷たい光が宿っていた。

昨晩の借りを返すつもりなのだろう。

「気張るのはいいが、猫又はお前には斬れないぜ」

浮雲が、静かに言う。

「あんただったら、斬れるのか？」

宗次郎が挑むように返す。

「いや。おれでも斬れん。土方だろうが、近藤だろうが、猫又を斬ることはできんさ」

浮雲の言っている意味が分からないのか、宗次郎が小首を傾げる。

それは、八十八も同じだった。

浮雲が言っているのは、単に猫又が強いからとか、そういうことではないような気がする。

「まあいい。せっかくだから、お前も一緒に来い」

浮雲が宗次郎を促す。

宗次郎は、釈然としない表情を浮かべながらも、浮雲に続いて弥七郎の家に入った。八十八も二人を追いかける。

「うっわぁぁ！」

中に入るなり、悲鳴が聞こえた。

何かあったのか——と思ったが違った。部屋の隅で怯えている弥七郎が、またも八十八たちが入って来たことに驚いたのだ。

こんな状態では、とても生きた心地がしないだろう。

「お前に、訊きたいことがある」

土間に立ったまま、浮雲が弥七郎に問う。

弥七郎は、ぶるぶると震えながら、顔を上げて浮雲を見る。

「安心しろ。おれは、猫又を祓いに来た」

浮雲が、そう言って金剛杖で、ドンッと土間を突く。

その音に、ビクッと身体を震わせた弥七郎だったが、すぐにすがるように、這い寄って来た。

「そ、それは本当ですか？　本当に、あの化け物を退治してくれるんですか？」

弥七郎が上擦った声で言う。

「ああ。但し、条件がある——」

浮雲が、墨で描かれた眼でぎろりと、弥七郎を睨み付ける。

「じょ、条件？」

弥七郎の顔が再び強張った。

「そうだ」

「金ですか？」

「違う」

「では、何ですか？　もしかして、命——ですか？」

「お前のような男の命など、一文（いちもん）の得にもならん」

浮雲が吐き捨てた。

どういうことだろう。浮雲の言葉には、敵意にも似た棘（とげ）がある。

「わ、私は、どうすれば……」

「真実を話せ」

「真実？」

「そうだ。ありのままの真実だ」

浮雲が、弥七郎にずいっと顔を近付ける。

困惑の表情を浮かべていた弥七郎だったが、急に表情を緩める。

「それだけですか？」

「それだけだ」

「分かりました。何でも話します。ですから、助けて下さい」

弥七郎が、浮雲の着物を摑んですがりつく。

浮雲は、汚らわしいとばかりに、弥七郎の手を払いのけた。驚いた顔をしている弥七郎を、墨で描いた眼が見据える。

「おりょうという名の女を知っているな？」

浮雲が、金剛杖を肩に担ぎながら問う。

おりょうとは、あの廃屋にかつて住んでいて、恋仲だった男に斬り殺された女の名だ。

「し、知らない」

弥七郎は、激しく首を振った。

だが、それが嘘であることは、八十八でも察することができた。それほどまでに、弥七郎の挙動は不自然だった。

「真実を話せと言ったはずだが——」

「知らないものは知らない」

弥七郎は、逃げるように部屋の隅に戻って行く。

何かを隠していることは明らかだ。だが、いったい何を隠しているのだろう。八十八には、それが分からなかった。

「あくまで惚(とぼ)けるか？　だったら、そのまま猫又に喰われるがいい」

浮雲は、啖呵(たんか)を切るように声を張った。

弥七郎の額に、ぶわっと汗が浮かぶ。おそらく、猫又に生きたまま喰われる己の姿を想像したのだろう。

「お願いです。嘘は吐いていません。どうか、助けて下さい――」

弥七郎が、畳に額を擦り付けるようにして懇願する。目に涙を浮かべて、必死の形相だ。

浮雲は、口許を歪(ゆが)めた。

「愚かな男だ。あくまで、真実を話さないというなら、猫又に喰われるのも、仕方ないだろう」

浮雲は、ため息を吐きながら背中を向けてしまった。

「待って下さい」

追いすがろうとした弥七郎を遮るように、なぁーっと猫の鳴き声がした。

なぁーっ。

なぁーっ。

あちこちから、猫の鳴き声が聞こえてくる。

八十八は、慌てて辺りを見回す。どこから入り込んだのか、気付けば、部屋の中にわらわらと猫が湧き出ていた。

「た、頼む！　本当のことを言う！　だから、助けてくれ！」

ついに耐え切れなくなったのか、弥七郎は再び浮雲にすがりつく。

「では、改めて問う。おりょうという女を知っているな？」

浮雲が、ぐいっと弥七郎の襟を摑み上げながら問う。墨で描かれている眼が、怒りに満ちているようだった。

「は、はい」

弥七郎は、声を震わせながら頷く。

「お前たちは、おりょうをどうした？」

「そ、それは……」

弥七郎が、息を詰まらせて俯く。

「言わないというなら、お前は猫又の餌食になるぞ」

浮雲が告げる。

なぁーっ。

なぁーっ。

猫が鳴き声を上げながら、弥七郎に近付いて行く。

「分かりました……言います。言いますから、どうか、助けて下さい……」

「さあ言え。おりょうをどうした？」

「殺しました……」

弥七郎が、掠(かす)れた声で言った。

その言葉は、八十八の心の底を大きく抉(えぐ)った。

「い、今のは、どういうことですか？」

八十八は、堪らず口を挟んだ。

浮雲は、弥七郎を一瞥(いちべつ)してから口を開く。

「言葉の通りさ。おりょうを殺したのは、弥七郎と寛次郎の二人なのさ」

「ど、どうして、そんな惨(むご)いことを……」

「こいつらは、酔った勢いでおりょうを襲った。だが、おりょうに抵抗された。そこで、そこにいた猫もろとも、滅多斬りにして殺したんだ」

「そんな……だって……」

おりょうは、恋仲にあった武家の男、忠久に殺されたと言っていたではないか。それなのに、どうして――。

「ここからは、多少の推量は入るが、こいつらがおりょうを殺したあと、忠久が訪ねて来たんだろう。そして、忠久は目の前の惨状を見て己を失った――」

浮雲が淡々とした調子で続ける。

否定しようともせず、がっくりと肩を落としている弥七郎を見る限り、浮雲の推量は当たっているのだろう。

「忠久は、怒りに任せて刀を抜いたが、逆にこいつらに斬られたのさ」

「何ということだ……」

恋仲にあった女を惨殺され、その仇を討とうとしたのに、返り討ちにあってしまうとは。忠久の無念を思うと、胸が苦しくなった。

「そのあと、こいつらは忠久の骸を、川にでも捨てたんだろう。ついでに、全ての罪を忠久になすりつけた――」

「もしかして、おりょうさんが男に身体を売っていたという話は……」

「こいつらが、でっち上げたのさ。そういう作り話をして、忠久がおりょうを殺したという状況を、もっともらしく見せたというわけだ」

「何と非道な……」

八十八は、弥七郎を睨み付けた。

ただ酔った勢いで廃屋に入り込んだだけで、猫又に付け狙われるとは、可哀想な男だと思っていたが、そうではなかったらしい。

因果応報――弥七郎には、猫又に襲われるだけの充分な理由があったというわけだ。

ここに来て、伊織と話したときのことを思い返した。

あのとき、伊織は言葉を濁したが、弥七郎たちの陰での振る舞いを、耳にしていたのかもしれない。

それに、丸熊で土方が話していたこと。あれは、弥七郎たちの素行の悪さを指摘していたものだったのだろう。

「ろくでもない野郎だな。さっさと斬り捨てちまおう」

にこにこと無邪気な笑みを浮かべながら、宗次郎が言った。

その言葉が、本気なのか、冗談なのか、八十八には判断できない。ただ、弥七郎はとてつもない恐怖を抱いたらしく、表情がみるみる歪んでいく。

「どうか。どうか許して下さい……」

弥七郎が必死に頭を下げる。

「お前が、詫びを入れるのは、おれじゃないはずだ」

浮雲が静かに言う。

弥七郎は、「え？」と眉を顰める。

「あの男にこそ、詫びるべきだろう？」

浮雲が、金剛杖で戸口のところを指し示した。

そこには、一人の男が立っていた。

左目に大きな傷があり、左腕の肘から下が欠けている男――。

八十八にお守りを渡した易者だった。

十

なぁーっ。

なぁーっ。

相変わらず猫が鳴いていた。

なぜ、あの易者が、こんなところにいるのか？

八十八の頭に浮かんだ疑問に答えるように、易者がずいっと前に歩み出た。

その顔には、鬼気迫るものがあった。まるで、何かにとり憑かれているかのようでもあった。

見ると、易者はいつの間にか、香炉を持っていた。香炉からは、黒っぽい煙が、ゆらゆらと漂っていて、それが部屋の中に流れ込んで来る。

「口と鼻を塞げ」

浮雲が、早口に言う。

八十八は、咄嗟に着物の袖で、口と鼻を塞いだ。宗次郎も、それに倣う。

微かに甘ったるい臭いがした。

黒い煙は、みるみるうちに部屋の中に充満していく。

――いつまでこうしていればいいんだ？

八十八がそう思った矢先、弥七郎が「ぎゃぁ！」と悲鳴を上げた。

目を向けると、弥七郎の前に、一匹の黒猫が座っていた。その黒猫は、弥七郎をじっと見据えながら、
なぁーっ。

なぁーっ。

と何かを求めるように鳴いた。

「ひゃぁ！　く、来るな！　来るなぁ！」

弥七郎は、必死に手を振り回して暴れる。

猫に怯えているのだろうが、その様が、あまりに大仰である気がした。

「止めろ！　来るな！」

弥七郎は、ついには外に駆け出して行ってしまった。そのあとを追いかけるように、易者も戸口から出て行く。

「行くぞ」

浮雲は、鋭く言うと、外に向かって駆け出した。

八十八と宗次郎も、そのあとに続く。

弥七郎が、怯えた声を上げながら、地面をのたうち回っている。尋常とは言い難い有様だ。

「いったい、何が起きたのですか？」

八十八が問うと、浮雲が苦笑いを浮かべた。

「弥七郎は、猫又を見ているのさ」

——猫又？

黒い猫が、弥七郎の周りをうろうろしている。昨晩は、あの猫が巨大化したのだが、今は普通の大きさだ。

あれでは、猫又とは言えないのではないか？

「なぁんだ。そういうことだったのか……」

宗次郎が、落胆したように声を上げる。

全てに合点がいったようだが、八十八の方は、何がそういうことなのか、皆目見当がつかない。

「どういうことなのか、教えて下さい」

苛立ちと共に訊ねる。

「だからさ――弥七郎は、猫又の幻覚を見ているのさ」

浮雲が、気怠げに答える。

「幻覚？」

「そうだ。あの黒い霧のようなもの。あれは、幻覚を見せる働きがある草を、香として使ったものだ」

さっき、易者が持っていたあれか――。

だから浮雲は、八十八たちに口と鼻を塞ぐように言った。それを知らずに、吸い込んだ弥七郎だけが幻覚を見たということか。

そして、昨晩は、全員がそれと分からずに吸ってしまった。その結果として、幻覚を見たということなのだろう。

だが、八十八にはまだ分からないことがある。

「どうして、全員が同じ幻覚を見たのですか？」

お香が作用して幻覚を見たのであれば、それぞれが、異なる幻覚を見ていても不思議はない。

それなのに、昨晩は、全員が猫又の姿を見た。それはなぜか？

「おれたちは暗示にかかっていたんだよ」

浮雲が、投げ遣りに言った。

「暗示？」

「そうだ。再三にわたり、猫又に関する話を聞いていたせいで、無意識のうちに、巨大な猫の姿を想像してしまっていた。だから、全員が同じ猫又の幻覚を見ちまったというわけだ」

「そうか……」

納得すると同時に、新たな疑いが八十八の中に浮かんだ。

「いったい、なぜこんなことを？」

八十八はそう口にしながら、闇の中に佇む易者に目を向けた。

聞香炉（ききごうろ）を持っているのだから、お香を使って幻覚を見せるように仕向けたのは、誰あろうあの易者に違いない。

なぜ、易者が、こんな手の込んだことをしたのか——その理由が分からない。

易者は、すっと弥七郎に歩み寄る。

その右手には、いつの間にか、聞香炉ではなく、抜き身の刀が握られていた。

易者は、刀を持った右腕を大きく振り上げる。どうやら、弥七郎を手にかけようとしているらしい。

「駄目です！」

八十八は、咄嗟に叫んだ。

だが、遅かった。

易者が、刀を弥七郎の肩口に向かって振り下ろす。

が、その切っ先が弥七郎に触れることはなかった。闇の中から、黒い影が現われ、易者の刀を弾き飛ばしたのだ。

その黒い影の正体は――土方だった。

もしかしたら、浮雲が土方と別行動をとったのは、こうなることを予測していたからなのかもしれない。

「もういいだろう。忠久」

浮雲が、語りかけるような口調で言った。

「え？」

今、浮雲は易者のことを忠久――と呼んだ。いったいどういうことだ。

「忠久さんは、死んだのではないのですか？」

八十八は、困惑とともに口にした。

忠久は、弥七郎と寛次郎に斬り殺されたのではなかったのか？

浮雲は忠久に、墨の眼をじっと向けたまま口を開く。

「あんたは、弥七郎と寛次郎に斬られた。だが、かろうじて一命を取り留めた。傷が癒えるのを待って、この男たちに復讐しようとしていたんだろ」

浮雲の説明で、全てに納得した。

そうか。そういうことだったのか。易者の異様な傷の数々は、弥七郎と寛次郎にやられたものだったということだろう。

忠久の左腕は、肘から下が欠けている。

片腕の状態で正面から斬りかかっては、到底勝ち目はない。だから、お香を使い、幻覚を見させ、弱ったところで止めを刺そうとしたに違いない。

もしかしたら、猫又が出るという噂を立てた張本人は、忠久なのかもしれない。そうすることで、弥七郎たちに、自らの罪を思い出させようとしていた――。

寛次郎の背中に爪痕のような傷を作ったのも、その為だろう。

「邪魔をしないで頂きたい」

忠久が言った。

その声は、哀しみに満ちているようだった。

「そうはいかねぇ。あんたに、これ以上、人を殺させるわけにはいかない」

浮雲は、きっと忠久を睨む。

「私にはね、もう何もないんですよ。こんな身体にされた上に、もう、おりょうはいないんです。せめて、仇くらい討たせてもらいたいものです」

「本当にそうか？」

浮雲が聞き返す。

「どういう意味です？」

「おりょうは、あんたの笑ってる顔が好きだったと言っている」

「何を言っているんです？」

「そんな顔をしないで。私は、ずっとあなたの側にいるから。どこにも行きはしませんよ――」

浮雲が、柔らかい笑みを浮かべながら言った。

それはまるで、浮雲が言ったのではなく、忠久と恋仲にあったおりょうが言ったかのように思えた。

いや、実際、そうなのだろう。

「あなたは……」

忠久が困惑したように顔を歪める。

「おれは、見えるんだよ。死んだ者の魂――つまり幽霊が」

「そんな……」

「嘘じゃねぇ」

浮雲は、そう言って両眼を覆っていた赤い布を、するりと外した。

赤い双眸を見た忠久の顔に、驚きが広がっていく。だが、それは、ほんの僅かな時間のことだった。

忠久の目に、涙が浮かんだ。

口にしなくても分かる。忠久は、浮雲の言葉を信じたのだ。

あの赤い瞳には、そうさせるだけの説得力がある。

カタカタッ――。

何かがぶつかり合うような音がした。聞き覚えがある。とても不快な音だ。

「復讐を止めたなら、もう現世に用はないだろ」

闇の中から声がした。

笑いを含んでいるが、それでいて、陰湿な響きをもった声だった。

――何だ？

八十八が考えているうちに、忠久の背後に、ぼんやりと人影が浮かんだ。

「さっさと、おりょうのところに行ったらどうだい？」

影が忠久の耳許でそう言った。

それと同時に、忠久の胸から何かが突き出した。

それは、刀の切っ先だった。黒い影は、刀で背後から忠久の身体を貫いたのだ。

忠久は驚愕（きょうがく）の表情を浮かべながら、口からどばっと血を吐き出した。

刀が引き抜かれる。

忠久は、胸から血を吹き出しながら、力なく膝から崩れるように倒れた。

「な、何てことを……」

八十八は、忠久に駆け寄った。

揺り起こそうとしたが、触れることができなかった。忠久が、既に息絶えていることは明白だった。

「それにしても、あなたたちは、残酷なことをしますね――」

陽気な声がした。

顔を上げると、そこには、白い一本鬚を生やした翁の面を着け、箪笥ほどの大きさのある笈を背負った、恵比寿様のような派手な恰好の男が立っていた。

この男のことを、八十八は知っている。

――蘆屋道雪。

呪いの道具を作り、それにより人の心を弄ぶ、異能の陰陽師だ。

「やっぱり、お前がかかわっていたか。道雪――」

浮雲が、苦々しい口調で言う。

「おや。気付いておいでしたか」

道雪が答える。

面を着けているので、その表情をうかがい知ることはできないが、嘲るような笑いを含んだ声は、耳にするだけで不愉快だ。

「忠久に、妙なことを吹き込んだのは、お前だな」

浮雲が赤い双眸で道雪を睨み付ける。

「ええ。ついでに言えば、死にかけていた忠久の傷の手当てをしたのも私です」

道雪は得意げに答える。

「だったら、なぜ、忠久を殺した？」

浮雲が問う。

「なぜ？　決まっているでしょ。楽しいからですよ」

道雪は、肩を震わせながら笑った。

前に会ったときも、道雪は同じようなことを言っていた。何か目的があるわけではない。ただ、面白いから——という理由だけで、この男は、他人の人生を弄ぶ。

人が苦しみ嘆く姿を、そしてその生き死にを、まるで芝居でも見ているような感覚で楽しんでいるのだ。

「自分が楽しむ為に、忠久さんを殺したんですか？」

八十八は、怒りに任せて問う。

翁の面が八十八を見据える。面だから、表情は分からないはずなのに、居竦(いすく)んでしまうほどの迫力があった。

「おかしなことをおっしゃいます。忠久の言葉を聞いていなかったのですか？　この男には、もう何もないのです」

「だからって……」

「生かしてどうするのです？　このまま、生きて行く方が、よほど辛いとは思いませんか？」

道雪の言い分は、到底、納得できるものではない。

だが、心のどこかで納得する部分がないわけではない。忠久には、このまま生きていたとしても、たった一人での苦しい余生が待っている。

いや、寛次郎を殺したのは、忠久なわけだから、御上に捕縛され、死罪にされるかもしれない。どのみち、幸せな行く末などあり得ない。

だが――だから殺してしまった方がいいとは、八十八にはどうしても思えなかった。

「それは、あなたの勝手な言い分でしょ！」

八十八は、道雪を睨み付けながら叫んだ。

道雪は、そんな八十八を見て、動じるでもなく、「ほう」と顎の鬚を撫でた。

「生かしておいた方がいいというのもまた、あなたの理屈でしょ？」

「え？」

「そもそも、悪いのは誰です？　忠久ですか？」

「それは……」

此度の一件の要因は、弥七郎たちが、酒に酔っておりょうを襲ったことだ。

そのせいで、忠久は全てを失った。

「忠久は、全てを奪われ、何もなくなっていたのです。が、生きていたのは、復讐を遂げる為です。それを、あなたたちは止めてしまったんです」

「ぐっ……」

八十八は、言い返す言葉が思いつかず、ぎりっと奥歯を噛む。

「復讐を止めてしまったのであれば、もはや忠久に生きる意味はありません。だから、ひと思いに殺してあげたんですよ」

「そんな……」

「何にしても、面白い芝居を見せてもらいましたよ」

道雪は、楽しそうに笑いながら、その場を立ち去ろうとする。

ここで逃がしては、また同じようなことを繰り返す。何としても、捕らえなければ――。

だが、八十八などが下手に手を出せば、返り討ちに遭うだけだ。

考えているうちに、宗次郎がぴょんぴょんと跳ねるようにして、道雪の前に立ち塞がった。

「ねぇ。おじさん。また会ったね。ぼくとやろうよ」

宗次郎が、にたっと笑う。

「子どもの相手をしている暇はないのですよ」

道雪は、ふぉっ、ふぉっ、ふぉっ、と高笑いを上げる。

宗次郎は激高するかと思ったが、意外にも、道雪に合わせて笑い出した。

闇の中に、二人の笑い声が響く。

次の瞬間――宗次郎が何の前触れもなく抜刀し、道雪に斬りかかった。

目にも留まらぬ速さの抜き付けだ。

だが、道雪は無傷だった。

後方に飛び退きながら、宗次郎の刀を躱してしまった。あの距離で、刀を避けるなど、もはや人間業とは思えない。

「ほう。なかなか速いな。筋もいい。しかし、まだ所詮は子どもよ」

道雪が余裕の口上を述べながら、顎の一本鬚を撫でる。

はらり――と面についていた鬚が地面に落ちた。

宗次郎の太刀は、道雪には届かなかったが、面の鬚を切断していたらしい。

「御託はいいからさ。さっさとやろうよ。次は、手加減しないからさ」

にこにこと笑いながら宗次郎が言う。

「ほう。少しばかり、読み間違えたか。多少は楽しめそうだ。どうしても、やり合うというのなら、本気で来なさい」

道雪が手招きする。

「もちろん、そのつもりだ」

宗次郎が、真剣を腰に差し、刀の柄(つか)に手をかけて構えを取る。だが、道雪は構えるでもなく、ただそこに立っている。

「何だよ。早く構えろよ」

宗次郎が、焦れたように言う。

「私は本気で——と言ったんだがね」

道雪が言い終わるのと同時に、宗次郎の身体が、どんっと後方に吹き飛んだ。

——何があった?

八十八には、何がなんだか、さっぱり分からなかった。

それは宗次郎も同じだったらしく、地面に倒れたまま、呆然としている。

「貴様! 逃げられると思うなよ!」

浮雲が声を上げる。土方がその言葉を受け、道雪の前に回り込む。

挟み撃ちの恰好だ。

「捕まえられると思うかい?」

道雪は、楽しそうに言うと、着物の袖から何かを取り出し、それを足許に落とした。

小さな玉のようなものだった。

その玉は、地面に落下するなり、一気に白い煙を巻き上げ、瞬く間に辺りを包んでしまった。

八十八は、鼻と口を押さえたものの、何度も噎せ返った。

目に染みて、涙がぼろぼろと零れ落ちる。

しばらくして、白い煙が晴れたとき、そこにはもう道雪の姿はなかった――。

その後

八十八が、おりょうが住んでいた廃屋に足を運んだのは、あれから三日後のことだった――。

浮雲も一緒である。

両眼を赤い布で覆っていて、その表情をはっきりと見ることはできないが、どこか哀しみに満ちているようだった。

八十八も、また、気持ちは同じだった。

本当に、やり切れない事件だった。

おりょうと忠久が何かをしたわけではない。ただ、ここにいる猫たちと一緒に、ひっそりと生きようとしただけだった。

それなのに、寛次郎と弥七郎の二人によって、そのささやかな願いは打ち砕かれてしまった。

忠久が、仇討ちをしようとしたのは、至極当然のことのように思う。

なあーっ。

どこかで、猫の鳴き声がした。

八十八はふと、引っかかりを覚えた。

「どうして、忠久さんは、私にお守りを渡したんですか？」

八十八が訊ねると、浮雲が口許を歪めて苦い顔をした。

「あのお守りは、猫を呼び寄せる餌だったのさ」

「餌？」

「ああ。あのお守りには、マタタビが仕込まれていたんだ。忠久は、易者のふりをして、そのお守りを寛次郎や弥七郎にも渡していたのさ」

——なるほど。

だから、猫たちが、わらわらと寄って来たというわけだ。

「なぜ、私にもお守りを？」

八十八の言葉に、浮雲が小さく舌打ちをした。

「蘆屋道雪だよ」

「え？」

「そもそも、あのお守りを作ったのは、蘆屋道雪だ。お守りに奴の格子模様が入っていた」

「そうですか」

蘆屋道雪は、呪いの道具——呪具を作る呪術師だ。お守りは、忠久が仇討ちを遂げる為に、道雪が与えたものだったのだろう。

そのお守りにあった格子模様を見て、浮雲は、道雪の仕業と見抜いたのだろう。

「今回の一件に、おれたちが首を突っ込んだことを知った道雪は、お前にお守りを渡すように、忠久に指示したんだろうな」

「なぜです？」

「奴の言葉を借りるなら、面白いから——だろ」

浮雲は、吐き捨てるように言った。

納得すると同時に、八十八の中に、不快な気持ちが広がっていく。

道雪は、単に面白いから——という理由だけで、忠久に仇討ちの手段を教え、その顚末を眺めていたのだ。

その上、浮雲たちがかかわっていると知って、八十八にお守りを渡し、呪いがこちらにも向くように仕向けた。

仕舞いには、仇討ちをやめようとした忠久を、何の躊躇(ためら)いもなく刺し殺してしまった。

本当に恐ろしい男だ。

忠久は、どれほど無念だっただろう——。

唯一の救いは、弥七郎が、おりょう殺しの下手人(げしゅにん)として、御上に捕縛されたことだ。

「八。絵は描かなかったのか？」

浮雲が、じっと前を見ながら訊ねてきた。

「描きました」

八十八は、そう言って持って来た絵を浮雲に差し出した。

忠久とおりょうが縁側で寄り添い、その周りで猫たちが日向(ひなた)ぼっこをしている様を描いた。

せめて、絵の中だけでも、忠久とおりょうが望んだ、平穏な暮らしが訪れるようにという願いを込めたのだ。

「この絵は貰うぞ」

浮雲が言う。

「構いませんが、どうするのですか？」

「忠久と一緒に弔ってやる」

「はい」

八十八は、大きく頷いた。

それは、八十八自身も望んでいたことだ。

「そろそろ行くとするか」

浮雲が、踵(きびす)を返して歩き出した。八十八もそのあとに続く。

なあーっ。

猫の鳴き声がした。

振り返ると、一匹の黒猫が、あとをついて来ていた。

浮雲も、そのことに気付いたようだが、追い払ったりすることはなく、黒猫を従えて歩き続けた。

狐憑の理

UKIKUMO
SHINREI-KITAN
HAKUJA NO KOTOWARI

序

ぐぎぃぃ！

不快な音が夜の静寂(しじま)を切り裂いた――。

直満(なおみつ)は、はっと目を覚まして身体(からだ)を起こした。

障子越しに、青白い月明かりが差し込んでいる。朝を迎えるのは、まだまだ先だ。

首の周りにびっしょりと汗をかいていた。

――悪い夢でも見たのかもしれない。

大きく息を吐き出し、再び床(とこ)に就こうとした。ところが、

ぐぅぅぎぃぃ！

また――聞こえた。

獣の声のようだが、それは人の声であるような気もした。

苦悶の叫びには違いないのだが、助けを求めているというよりは、怒りを孕んだような禍々しさがあった。

妙な胸騒ぎを覚えた直満は、恐ろしいと思いながらも起き出し、部屋を出た。

月の明かりが眩しく感じられる。

直満は、声のする方に向かって歩みを進める。足を踏み出す度に、ぎぃ——と、床板が音を立てる。

ぎぃ。

耳障りな音が鳴る度に、直満の胸が早鐘を打つ。呼吸も、幾分苦しく感じる。掌に、じっとりと汗が滲んだ。

ぐぎぃぃぐぅ！

不快な声が、直満の鼓膜を揺さぶる。さっきより大きい。かなり近くなっているようだ。

耳を頼りに歩みを進めた直満は、ある部屋の前ではたと足を止めた。

——ここだ。

声の出所は、おそらくこの部屋だ。

ごくりと喉を鳴らして唾を呑む。

この障子戸の先にあるのは、直満の娘、お初（はつ）の部屋だ。声を聞いたときから、薄々それはお初ではないかという気がしていた。

正直なところ、心当たりもあったが、それを受け容（い）れたくはなかった。

直満は、障子に向かって手を伸ばす。

月の青白い光を受けた障子の向こうに何かがうごめいている。

それは——。

お初だと、直満には分かった。

「お初」

直満は、名を呼びながら障子戸を開けた。

と——。

目の前の光景を見て、直満は、言葉も出なかった。

確かに、そこにはお初がいた。

が、尋常ではなかった。

綺麗（きれい）に結ってあったはずのお初の髪は解（ほど）け、寝間着がはだけ、白い肌が露（あら）わになっていた。それだけではなく——。

お初は、獣のように四つん這（ば）いになり、直満を睨（にら）み付けていた。

その目は、もはや人の目ではなかった。

あれは——。

直満は、あまりのことに、後退りをしたが、何かに躓き、尻餅をついてしまった。這うようにして、逃げ出そうとしたが、それより先に、お初が直満に襲いかかって来た。

「よ、止せ！」

叫び声を上げた直満の腕に、お初が噛みついて来た。

痛みを堪えながら、直満は必死にお初の顔を押しのけ、引き剥がした。

何とかお初を突き飛ばしたものの、腕に強烈な痛みが残った。見ると、皮が剝げ、肉の一部が欠け、血が流れ出ていた。

ぐぎぃ！

お初が、なおも四つん這いで直満を睨んでいる。

その口の周りは、直満の血で真っ赤に染まっていた。

「お初……」

直満は、その異様な姿に、ただ呆然とするばかりだった。

お初は、四つん這いのまま、直満を飛び越えると、そのまま闇の中に駆け出して行った。

一

八十八(やそはち)が、人だかりを見つけたのは、玉川上水(たまがわじょうすい)沿いの道を歩いているときだった。

こんなところに、人が集まっているなんて珍しい。

八十八は、物見高く弥次馬(やじうま)の列に加わり、伸び上がるようにして、その先に目を向けた。

「あっ！」

思わず声を上げた。

河原には、役人の姿が幾人もある。

それだけではなく、莫蓙(ござ)の上に、白地に赤い斑(まだら)模様の着物を着た男の骸(むくろ)が寝かされていた。

大方、酒に酔った男が、誤って川にでも落ちたのだろう。そんな風に思っていたところで、いきなりぽんと肩を叩(たた)かれた。

「いっ！」

妙な声を上げながら振り返ると、そこには一人の少女が立っていた。

稽古着を纏(まと)い、長い髪を後ろで束ねたその少女は、にっこりと微笑(ほほえ)みかけてきた。

「すみません。驚かせてしまいましたね」

そう言って少女は、悪戯が見つかった子どものように、ぺろりと舌を出した。

「伊織さん」

八十八は、安堵とともに口にした。

伊織と知り合ったのは、ある心霊事件がきっかけだった。

女だてらに、剣術をたしなみ、木刀を握れば凛とした美しさを放つのだが、普段は柔和で可愛らしい面持ちをしている。

武家の娘ではあるが、傲慢さはなく、心根の優しい人柄だ。それが証拠に、八十八のような呉服屋の倅とも、分け隔てなく接してくれている。

「本当に、酷いですよね」

伊織が笑みを引っ込め、長い睫を伏せると、憂いに満ちた顔をした。

「何がです?」

「人殺しがあったんですよ」

そう言って、伊織は河原に目を向けた。

――人殺し?

どうして、そうなるのだろう。あれは、溺死とか、そういう類のものではないのだろうか?

改めて河原の骸に目を向けた八十八は、思わず息を呑んだ。

「何と……」

八十八は、大きな思い違いをしていた。

白地に赤い斑模様の着物だと思っていたが、そうではなかった。白い着物が血で染まり、そう見えていただけだった。

おそらく、何者かに斬られたのだろう。

「まさか、半次郎さんが、あのようなことになるとは……」

伊織が沈んだ声で言った。

「ご存じの方なのですか？」

「ええ。北辰一刀流の道場の門下生です。以前に、稽古で手合わせをしたことがあります」

「そうでしたか……」

「あれほどの腕がありながら、斯様なことになろうとは……」

伊織は小さく首を振った。

「そんなに強かったのですか？」

「ええ。私など、到底、太刀打ちできないほどです」

伊織は女であるが、剣の腕は相当なものだ。

木刀で、浪人を打ち倒すところを幾度となく目にしている。その伊織に、太刀打ちできないと言わしめるのだから、並の腕ではなかったのだろう。

それほどまでの腕がありながら、どうして、このように無残に殺されることになったのか？

相手がそれを上回るほどの達人であったか、あるいは多勢であったのかもしれない。

「それで、八十八さんは、どちらかに行かれるのですか？」

考えを巡らせている八十八に、伊織が訊ねてきた。

──そうだった。

思いがけず、人だかりに出会したことで、当初の目的を忘れるところだった。

「実は、浮雲さんに用がありまして……」

八十八が口にすると、伊織が「ああ」と声を上げた。

「浮雲さんにご用ということは、また心霊事件があったということですか？」

「ええ」

浮雲は、八十八が親しくしている憑きもの落としだ。

酒呑みで、女にだらしなく、おまけに手癖が悪い。おおよそ、褒めるべきところのない男だが、憑きもの落としの腕だけは、右に出る者がいない。

伊織と知り合うきっかけとなった心霊事件を解決したのも、何を隠そう浮雲なのだ。

「もしよろしければ、私もご一緒させて頂けませんか？」

伊織が、目を輝かせながら訊ねてきた。

最近になって分かったのだが、伊織は好奇心が強く、何だかんだ言っても心霊がらみの事件に首を突っ込むのが好きなようだ。

「もちろんです」

思いがけず、伊織と一緒に行動できるのは、喜ばしいことだ。八十八が答えると、伊織は嬉しそうに笑った。

こういうときの笑みは、いかにも少女のようで、こちらまで微笑んでしまう。

「それで——此度は、どのようなことが起きたんですか？」

連れだって歩き出したところで、伊織が訊ねてきた。

「伊織さんは、狐憑をご存じですか？」

「はい。狐に憑依されて、様子がおかしくなるというあれですよね」

さすがに知っているようだ。

「実は、神田にある商家の娘で、お初さんという方がいるんですが、どうも狐憑にあったようなのです」

夜になると、奇妙な声を上げ、四つん這いで駆け回ったりするのだという。先日は、父親である直満に嚙みつき、怪我まで負わせてしまったらしい。

八十八が、そのことを説明すると、伊織は目を大きく見開いて、驚きの表情を浮かべた。

「それは、恐ろしいですね」

「ええ」

「父上もさぞ心配でしょう」

「はい。商いをやっている家では、なおのことです」

八十八が口にすると、伊織は「ん？」という顔をした。

「狐憑の出た家は、凶事を招くとして、周囲から疎まれてしまうのです」

「そうなのですか？」

「はい。まあ、迷信の類なのでしょうけど、信じている人は多いですからね。商いに影響が出ることは避けられません」

既に、お初が狐憑にあったという噂は、あちこちに出回っている。

このままの状態が続いては、直満の商いも、すぐに立ち行かなくなってしまうだろう。

「そうなんですか……。でも、浮雲さんが何とかしてくれるはずです」

「そう思いたいところなんですが、上手くいくかは分からないですね」

八十八は、消沈しながら口にした。

「浮雲さんでも、難しい案件なのですか？」

「いえ。そうではなくて……浮雲さんが、依頼を受けてくれるかどうか、定かではありません」

「大丈夫ですよ。浮雲さんは、八十八さんのお願いを断わったりしません」

「いやいや。それは買いかぶりです。浮雲さんは、私のことを厄介者くらいにしか思ってませんから」

「そんなことありませんよ。現に、これまでだって、何度も助けてくれたではないですか」

伊織の言葉を信じたいが、浮雲は気分屋だ。

気持ちが乗らなければ、幾ら頼もうとも、梃子でも動かないだろう。それに――。

「もう一つ、引っかかっていることがあります」

「何です？」

「浮雲さんは、専門外のことには、一切手を出しません」

八十八は力なく首を振った。

今回、八十八を一番悩ませているのは、その部分だ。

浮雲は、幽霊を専門に扱う憑きもの落としだ。妖怪の類は専門外だと言って引き受けない。

今回の狐憑は、幽霊になるのか、妖怪になるのか、八十八にも今一つ分からないところなのである。

「考えるのは、話をしてからでも遅くありません」

伊織が明るい声で言った。

確かに、その通りだ。行く前から悩んでみたところで、何も解決しない。

「そうですね。まずは行きましょう」

八十八は、気持ちを切り替えて歩みを進めた。

二

「狐憑だと？　おれの専門外だ！」

八十八の話を聞き終えるなり、浮雲が吐き捨てるように言った。

荒れはてて放置された神社の社の中だ――。

浮雲は、いつもと同じように社の壁に背中を預けるように座り、盃の酒をちびちびとやっている。

髷も結わないぼさぼさの髪で、白い着物を着流している。肌は死人と見紛うほどに血色がなく、着物の色よりなお白い。

真っ直ぐに、八十八に向けられた双眸は、まるで血のように赤い。

ただ赤いだけではなく、その瞳は、死者の魂——つまり幽霊が見えるという、特異な体質をもっている。

「そう言わずに、何とかしてもらえませんか？」

八十八は、ずいっと身を乗り出すようにして浮雲に懇願する。

「何とかするも何も、妖怪はおれの領域じゃねぇ」

浮雲が、盃の酒をぐいっと一気に呑み干した。

まるでその言葉に賛同するように、浮雲の傍らにいた黒猫が、なぁーっと鳴いた。

この黒猫は、先日の猫又の一件のときにいた猫だ。何でも、事件が終わるなり、浮雲が根城にしている社に棲み着いてしまったらしい。

浮雲と、黒猫という取り合わせは、思いの外しっくりときている。

「そもそも、狐憑は妖怪なのでしょうか？」

そう口を挟んだのは伊織だった。

「何？」

浮雲が、ぐいっと左の眉を吊り上げながら聞き返す。

「狐の幽霊に憑かれているから、狐憑と言うのではないでしょうか？　もし、そうだとすると、これは幽霊ということになります」

伊織が筋道を立てて口にする。

さすが、武家の娘だけあって上手いことを言う。

「小理屈を……」

浮雲が、苦々しい口調で答える。

「小理屈ではありませんよ。伊織さんの言っていることは、理に適っています」

八十八も、後押しするように言い募る。

「小うるさいガキどもだ」

浮雲が舌打ちを返してくる。

「そう言わずに、何とか協力して下さい。報酬だってちゃんと出るんですから」

八十八は、改めて頭を下げる。

「嫌だね。ただでさえ、歳三の阿呆が、面倒な案件を持ち込んできてるってのによ——」

浮雲の言う歳三とは、薬の行商をしている、土方歳三のことだ。

八十八の家にも出入りしている人物で、浮雲を紹介してくれたのが土方だ。

いつも薄い笑みを浮かべていて、人当たりはいいのだが、何を考えているのか分からないことが多々ある。

おまけに、薬の行商人であるにもかかわらず、剣の腕が滅法強く、まさに鬼神の如し——だ。

「土方さんは、どんな案件を持ち込んだんですか？」

八十八は、興味を覚えて訊ねてみた。

「大したこっちゃねぇよ。神田にある、小山稲荷神社とかって廃墟になった神社に、幽霊が出るんだとよ」

浮雲は、うんざりだという風にため息を吐く。

「幽霊――ですか」

「ああ。どうせ、見間違いだろうよ」

「どうして、見間違いだと思うんですか？」

「話が一貫してねぇからだよ」

「と、いうと？」

「女の幽霊を見たって奴もいれば、武士の幽霊が彷徨っていたって奴もいる。どれが本当なのか分からん」

「両方いる――ということはありませんか？」

八十八が口にすると、浮雲はふんっと鼻を鳴らして笑った。

「墓場ならまだしも、神社だぞ。そう幾人も幽霊がふらふらしてるものか。逢い引きしてる男と女を、幽霊だと見間違えたってところだろ」

まあ、浮雲の言い分はもっともだ。

墓場は、死体を埋葬する場所なのだから、幽霊がたくさんいても不思議はないが、神社はそうではない。

浮雲の言うように、逢い引きの現場だったのかもしれない。

「まあ、そういうわけで、おれは忙しい。他を当たってくれ」

浮雲が、出て行けという風に手を払った。

他に案件を抱えているのは分かったが、だからと言って、このまま退き下がるわけにもいかない。

浮雲に断わられてしまったら、八十八には他に頼る当てがない。

「いや、しかし……」

「八十八さん。狐憑があったという家は、何処だと言っていましたか？」

伊織が、何かを思い付いたらしく口を挟んだ。

「神田です」

八十八は、地名を口にして伊織が何を言わんとしているのかが分かった。

「浮雲さんが、土方さんに幽霊について調べるように頼まれたのも神田です」

伊織が口にすると、浮雲が「だからどうした」と、つっけんどんに答える。

「同じ場所なら、二つを同時に調べることはできませんか？」

伊織が提案すると、浮雲は「莫迦言え」と突き放す。

「場所が同じでも、別々の案件だろうが」

「そうとも限りません」

伊織が、毅然(きぜん)とした調子で言う。

「どういう意味だ？」

「幽霊が出るというのは、稲荷神社なのですよね？　と、いうことは、祀(まつ)っているのは狐──ということになります。八十八さんの狐憑と、かかわりがあるのではないでしょうか？」

伊織が滑らかな口調で言った。

八十八は、「なるほど──」と納得する。

偶々(たまたま)、顔を合わせたのだが、伊織と一緒に足を運んで良かったと心底思う。八十八だけであれば、浮雲にいいようにあしらわれていただろう。

「余計なことに気付きやがって」

浮雲は、頭(かぶり)を振りながら言う。

今の態度からして、浮雲は、最初から伊織と同じことに思い至っていたのだろう。

「余計なことではありません。もし、二つの事件が連なっているのであれば、八十八さんの案件も引き受けておかなければ、報酬が貰(もら)えなくなってしまいますよ」

──本当に上手いことを言う。

八十八は、伊織の口上に感心し、思わず手を打った。

もし、土方と八十八の案件が、かかわっていた場合、きっちり話を聞いておけば、一つの事件を解決するだけで、双方から報酬が得られるというわけだ。

もちろん、かかわっていないかもしれないが、守銭奴である浮雲が、一挙両得のこの話に食いつかないはずがない。

浮雲は、腕組みをしながら思案するように視線を漂わせる。やがて——。

「仕方ねぇな」

案の定、浮雲は重い腰を上げて呟いた。

傍らにいた猫が、顔を上げてなぁーっと鳴いた。

三

八十八は、浮雲と伊織と連れだって、神田の三川屋の前まで足を運んだ——。

浮雲は、両眼を隠すように赤い布を巻き、金剛杖を突いて、盲人のふりをしている。

外に出るとき、浮雲がいつもしている恰好だ。

八十八からすれば、赤い双眸は綺麗なのだから、隠す必要などないと思うのだが、世の中はそういう奴らばかりじゃない——というのが浮雲の持論だ。

自分と異なる者に対して、世間の目が冷ややかなのは確かだ。これまで浮雲は、その赤い瞳のせいで、八十八などが思いもよらないような差別を受けてきたのかもしれない。

だが、その割に、両眼を覆う赤い布には、墨で眼を描いている。

墨の眼の方がよほど不気味だし、人目を引くような気がするが、当の浮雲は気にしている様子がない。

「こんにちは」

八十八が先頭に立ち、三川屋の暖簾を潜った。

「八十八さん。ようこそ、おいで下さいました――」

顔なじみの番頭、五平が出迎えてくれた。

届け物などで足を運ぶときは、陽気な笑顔で迎えてくれるのだが、さすがに今日はことがことだけに、五平の表情は硬い。

「どうぞ。とにかく奥に。すぐに旦那様も参りますので――」

五平の案内で、奥にある客間に通された。

茶を出したところで、「少しお待ち下さい」と、五平が退室した。

「かなり儲かっているようだな」

壁に寄りかかり、いつもの片膝を立てた姿勢で座っている浮雲が、ぽつりと言った。

「そうですね。直満さんは、商才のある方で、手広く色々なものを扱っていますから――」

八十八が答えると、浮雲が「ふん」と鼻を鳴らした。

詳しいことは八十八も知らないが、三川屋は先代まで、それほど大きな店ではなかったそうだ。だが直満の手腕で、みるみる規模が大きくなったのだという。

商売が順調なだけに、娘が狐憑にあったというのは、店にとっても死活問題になる。

このまま噂が広まり続ければ、店が衰退していくのは火を見るより明らかだ。

「報酬は期待できそうだな」

浮雲は、満足そうに言うと、瓢の酒を盃に注いだ。

あんなに嫌がっていたくせに、今は金のことを気にしている。本当に、守銭奴だ。

などと考えていると、障子戸が開き、直満が部屋に入って来た。

前に会ったときは、大黒様のようにふっくらとして、血色が良かった直満だが、今は明らかに憔悴していて顔色が悪い。

のみならず、表情からも、焦燥の色が滲み出ていた。

「お忙しいところ、無理を言って申し訳ございません――」

直満が慇懃に頭を下げる。

「こちらが、憑きもの落としの先生でいらっしゃる浮雲さん。それと、萩原家の伊織さんです」

八十八が、浮雲と伊織を紹介する。

直満は武家の娘である伊織がいることに驚いたのか、怪訝な表情を浮かべたものの、特に咎めるようなことはなかった。

「何でも、お初さんが狐憑にあったと——」

場が落ち着いたところで、八十八の方からそう切り出した。

「はい。あれは、おそらく狐憑でしょう」

直満の口調は、重かった。

「具体的に、どのような様子なのでしょうか？」

そう問いかけたのは伊織だった。

「奇妙な声を上げたり、四つん這いで駆け回ったり、私の腕に噛みついたり……そういった感じです」

直満は、自らの右腕に左手を添えた。

見ると、そこは包帯が巻かれていた。黒ずんだ染みがあるが、滲んだ血だろう。相当に強い力で噛まれたとみえる。

「何か、きっかけのようなものはあったのでしょうか？」

伊織が問いを重ねる。

「それが……私どもにも、さっぱり分からないのです。ある日、急にこのようなことに……」

直満が力なく頭を振った。

ほとほと困り果てているといった感じだ。

「いつ頃からですか？」

「たぶん、十日ほど前……だと思うのです。最初は、奇妙な声を発する程度だったのですが、日に日に悪化していきました」

「そうですか……」

「どうか、娘を何とかして下さい。近隣で妙な噂も立ち始めていますし、このままでは、商いにも響きます。どうか――」

直満が、畳に擦り付けるように頭を下げた。

切羽詰まっているのが、ひしひしと伝わってきたが、八十八はその言葉に違和を覚えた。

こういう言い方は、よくないかもしれないが、直満が一番気にしているのは、娘の具合よりも、商いの方である気がしてしまう。

「どう思われますか？」

八十八は、盃の酒をちびちびとやっている浮雲に問いかけた。

「さあな。分からんよ」

浮雲は、まるで興味がなさそうに答える。

いくら何でも、態度が悪い。八十八がそのことを咎めると、浮雲は聞こえよがしに舌打ちを返してきた。

「うるせぇな。まだ見てもいねぇのに、狐憑かどうかなんて、分かるわけねぇだろ」

「いや、まあ、そうなんですけど……」

浮雲の言い分は、もっともだ。

実際に、お初を見てもいないうちから、あれこれ意見を並べたところであまり意味はない。だが、もう少し言い方というものがある。

そう言ってやろうかと思ったが、止めておいた。

浮雲のことだ。機嫌を損ねたりしたら、それこそすぐにでも帰ってしまいかねない。

「それも、そうですね」

直満がぽつりと言ってから、ゆらりと立ち上がった。

「まずは、お初を見て頂きましょう」

そう言った直満の目は、生気がなく、どこか上の空であるような気がした。

直満に案内され、奥まったところにある部屋に入った。

窓がないせいか、日当たりが悪く、暗くて、息が詰まるほどにどんよりとしていた。

「あそこです――」

直満が、部屋の奥を指差す。

目を向けると、そこには座敷牢（ざしきろう）が設（しつら）えてあり、中に身体を丸めて倒れている女の姿があった。

今は、眠っているらしい。

「分かった。悪いが、しばらく部屋を出ていてくれ」

浮雲が直満に告げる。

「分かりました。ご用があれば、声をおかけ下さい」

直満は短く言うと、部屋を出て行った。

何とも素っ気ない対応だが、直満自身も恐ろしいのだろうと、八十八は自分を納得させた。

「さて――」

浮雲はそう言うと、両眼を覆っていた布をするすると外す。

赤い双眸が露わになった。

暗闇の中だと、どういうわけか浮雲の赤い瞳が、わずかに発光しているように見える。

浮雲は、そのままずんずんと歩みを進め、格子の前で屈（かが）み込んだ。

「おい。お初とやら――」

浮雲が声をかけると、それに応じて、お初がむくりと身体を起こした。

その顔を見て、八十八はぎょっとなった。

長い髪が乱れて、汗の浮かんだ首や顔に貼り付き、こちらを睨む目は、血走っていた。

半開きになった口からは、獣のように涎が滴り落ちている。

しゅるるるっと喉が鳴る。

「何てこと……」

伊織が、両手で口を押さえて息を呑んだ。

気持ちは、八十八にも分かる。いや、こうなる前のお初を知っている八十八の方が、衝撃は大きいと言えるだろう。

かつてのお初は、どこか憂いを帯びた、しおらしく、慎ましい女だった。

今のお初は、見る影もない。

ぐぎぃぃ――。

お初が、唸るような声を上げた。

八十八などは、恐ろしくて後退りしてしまったが、浮雲は微動だにしない。

「おれは、憑きもの落としの浮雲だ。お前に、訊きたいことがある」

ぐぅぎぃぎ――。

お初は、一際大きな声を上げたかと思うと、格子の隙間から手を伸ばし、浮雲の首を引っ摑んだ。

「浮雲さん」

八十八は、伊織と一緒に駆け寄ろうとしたが、浮雲はそれを制した。

「来るな」

そう言った浮雲の声は、いかにも苦しそうだ。

「しかし……」

「いいから、来るな」

そう言われてしまっては、八十八はただ黙って見ていることしかできない。

伊織も、不安げな顔をしながらも、じっとその様子を見守っていた。

「お前に訊きたいことがある」

浮雲が、改めてお初に話しかける。

ぐぐぐぃ——。

「お前は、なぜこんなことをしている？」

浮雲が問う。

今の言い様——八十八たちには何も見えないが、おそらく浮雲には、お初に憑依している何者かの姿が見えているのだろう。

「もう一度訊く。お前は、なぜこんなことをしている？」

浮雲が、重ねて問う。

　だが、お初は、奇妙な声を上げるだけで、まるで会話になっていない。

「お前は、いったい何に縛られている？」

　浮雲が別の問いを投げる。

　お初は、それに答える代わりに、激しく身体を痙攣(けいれん)させ始める。

　ガタガタと身体を格子にぶつけたかと思うと、海老(えび)のように反り返り、ぱたりと倒れて動かなくなった。

「如何(いかが)されましたか？」

　騒ぎを聞きつけて、直満が部屋に駆け込んで来た。

「何でもない」

　浮雲は素早く赤い布で両眼を覆うと、呟くように言った。

　そのまま、浮雲は、直満を押しのけるようにして部屋を出て行ってしまった。

「あの……いったい何が？」

「また、改めて伺います」

　八十八は、困惑する直満に早口で言うと、伊織と一緒に浮雲を追って部屋をあとにした——。

四

八十八は、神田にある小山稲荷神社に足を運んだ。

浮雲と伊織も一緒だ。

三川屋を出たあと、何があったのか、何度も浮雲に訊ねてみたが、「そのうち分かる――」の一点張りで、何も教えてはくれなかった。

仕方なく、浮雲が抱えているもう一つの案件を調べるべく、小山稲荷神社に足を運んだというわけだ。

小山稲荷は、小高い丘のようなところに建っていて、急勾配の石段が伸びている。

「さて。行くか」

浮雲は、そうかけ声を発すると、金剛杖を肩に担ぎ、石段を上り始めた。

八十八と伊織も、そのあとに続く。

石段は、苔に覆われていて、慎重に進まなければ、足を滑らせて転落してしまいそうだ。

「ずいぶんと遅かったですね」

石段を上り切ったところで、声をかけられた。

そこには、土方歳三が立っていた。石田散薬と書かれた背負子を背に、薄い笑みを浮かべている。

「うるせぇ。余計なことを押しつけた上に、ごちゃごちゃ文句まで言いやがるのか」

浮雲が憎まれ口を叩く。

「持ちつ持たれつではないですか」

土方は、さして気にした様子もなく、笑みを崩さずに答えた。

と、八十八と伊織に気付き、「おっ」という顔をする。

「八十八さんに、伊織さんも――またこの男に、無理矢理手伝わされているんですか？」

土方の言い様に、浮雲が舌打ちを返す。

「人聞きの悪いことを言うんじゃねぇ。こいつらが、別件を持ち込みやがったんだ。そのついでだよ」

浮雲が口にすると、土方が「ほう」と、声を上げた。

「もしや、その別件とは、三川屋の狐憑の話ですか？」

「ど、どうしてそれを！」

八十八は、驚きのあまり、土方に詰め寄るようにして声を上げた。

「別に、それほど驚くことじゃありませんよ。こういう仕事をしてますとね、色々と人の噂が耳に入ってくるものなんです」

土方が、切れ長の目をさらに細めながら言う。

言われてみれば、そうかもしれない。行商人は、あちこちを歩き回っている。様々な話を耳にしているだろうから、三川屋の一件を知っていても、何ら不思議はない。

これまでの事件において、土方のその見聞の広さが、大いに役に立ってきたのも事実だ。

「無駄口はそれくらいにして、さっさと調べるぞ」

浮雲は、ため息混じりにそう言うと、周囲に人がいないことを確認してから、赤い布をするすると解き、その双眸を晒(さら)した。

やはり、美しい瞳だ——。

八十八が見惚(みと)れている間に、浮雲は何かを探すように境内を見て回り始めた。

ぼやぼやしていないで、自分も何かしよう。そう思いはしたものの、八十八には幽霊が見えるわけではない。

ぐるりと境内を見回すことくらいしかできなかった。

小山稲荷神社というだけあって、鳥居の奥には、宝玉と鍵を咥(くわ)えた一対の狐の石像が置かれている。

浮雲が根城にしている神社と同じように、雑草が生い茂っていて、長らく手入れがされていないようだ。

社の脇には、標縄の張られた、大きな杉の木が聳えたっていた。

その枝が、境内に差し込む光を遮っていて、鬱蒼としている。今が昼間であることを、忘れてしまいそうだ。

「この神社は、いつ頃から放置されているのですか？」

口にしたのは伊織だった。

「そうですね——一年くらい前からだと思います」

土方が答える。

「なぜ、放置されてしまったのでしょうか？」

「さあ？　理由までは何とも……」

伊織の問いに、土方が曖昧な笑みを浮かべる。

そのやり取りを見ていて、八十八はさすがだと感心してしまう。

様々な情報を集めることで、伊織なりに心霊事件を調べているのだ。幽霊が見えないからといって、呆けていた八十八とはひと味もふた味も違う。

「現われる幽霊が、男であったり、女であったり、まちまちなのは、なぜでしょう？」

八十八も、伊織を見倣って、思いついたことを土方にぶつけてみた。

「なぜでしょうね。何かを見間違えたのかもしれませんし、たくさんの幽霊がいるのかもしれません——。その辺のことは、あの男に何が見えるかによるでしょうね」

土方は、社の近くにいる浮雲に目をやった。

じっと社を見ていた浮雲だったが、やがて戸を開けて中に入って行った。

「そうですね……」

八十八は、返事をしながら、やはり自分などがいたところで、何の役にも立たないことを身にしみて感じた。

土方や伊織のように、剣の腕が立てば、用心棒としての役割もあるのだろうが、身体を動かす方はからっきしだ。

得意なことといえば、絵を描くことだが、これまで事件解決に貢献したことは、ほとんどない。

何もできないくせに、心霊事件の解決を安請け合いして、浮雲のところに持ち込むのだから、厄介者扱いされても致し方ない。

何だか、自分が酷くちっぽけな存在に思えてきた。

「何を呆けてやがる」

急に声をかけられ、八十八はビクッと身体を震わせる。

浮雲だった。

いかにも不機嫌そうな顔で、八十八を睨め付けている。

「いや、別に呆けていたわけではありません。ただ、ちょっと色々と考え事を……」

「それを、呆けていると言うんだ」

「す、すみません」

何だかよく分からないが、取り敢えず謝っておいた。

「それで、何か分かりましたか？」

土方が薄い笑みを顔に貼り付けたまま、浮雲に問う。

浮雲は、赤い双眸でぎろりと土方を睨み付ける。一気に、緊張した雰囲気が辺りを包み込んだ。

「お前――分かっていて、おれに話を持ち込んだな」

浮雲の声には、ひりひりと痺れるような熱が込められていた。

「はて？　何のことでしょう？」

土方は、浮雲とは反対に笑っている。

「食えねぇ男だよ」

「何をそんなに怒ってらっしゃるんですか？」

「口にするまでもなく、分かっているだろうが」

「分からないから、訊いているのです」

「あくまで、知らぬ存ぜぬを押し通すか――」

浮雲と土方のやり取りが続く。

このままでは、斬り合いになりかねないような殺伐とした有様だ。何とか、落ち着かせたいところだが、八十八には、どうしていいのか分からない。

「あの——」

口を挟んだのは、伊織だった。

その場にいる全員の視線が、一気に伊織に注がれる。

注目を浴びたことに、一瞬戸惑いをみせた伊織だったが、すぐに口を開く。

「浮雲さんが、手に持っているものは何ですか?」

伊織が指摘したことで、八十八は、初めて浮雲が巻物のような物を持っていることに気付いた。

この神社に足を運んだときには、持っていなかった。おそらく、社の中から持ち出したのだろう。

わざわざ持って来るからには、何か意味があるはずだ。

「絵だよ——」

浮雲が、出涸(でが)らしの茶でも飲んだような渋い顔をしながら言った。

「絵ですか?」

八十八は聞き返す。

「ああ」

「何の絵ですか？」

八十八は、絵師を志している身だ。絵と聞いたら俄然興味が湧く。果たして、どんなものが描かれているのか見てみたい。

「狐さ――」

「狐」

「そう。狐だ」

「見せて頂けませんか？」

八十八が申し出ると、浮雲は一瞬だけ、持っている巻物に視線を落としたあと、頭を振った。

「見る価値もねぇ絵だ」

――何だか怪しい。

「見る価値がないのなら、どうして持って来たんですか？」

八十八は、納得がいかずに言い募る。

「見る価値はねぇが、事件には関係があるんだよ」

曖昧な言い回しで誤魔化しているとしか思えない。問い詰めようとしたが、それを遮るように、浮雲がぱんっと手を打った。

たったそれだけで、場が一変し、八十八は口を封じられたような気分になった。

「お前らに頼みたいことがある」

一拍の間を置いてから、浮雲がそう切り出した。

「何なりと」

土方が笑みを浮かべながら応じる。

これまで、何の役にも立てていない。少しでも手助けになるなら、何でもする。八十八は大きく頷いてみせる。伊織も、それに倣うように顎を引いた。

「まず、歳は三川屋の最近の動きを探ってくれ」

浮雲が言う。

「待って下さい。三川屋についてなら、私が訊きに行った方が早いと思います」

土方の情報網は凄いが、八十八は三川屋と面識がある。自分が動いた方が、何かと早い気がする。

「早い遅いの話じゃない」

浮雲が首を振った。

「え？」

「おれが知りたいのは、表の顔じゃない。裏の顔だ――」

「裏の顔……」

「そうだ。だから、お前が訊いて回ると、逆に都合が悪いのさ」

今の口ぶり——まるで、三川屋が、裏で阿漕なことをやっているかのような言い様だ。引っかかったのは、それだけではない。

「もしかして、この神社に現われる幽霊と、三川屋の一件は、かかわりがあるんですか？」

明言こそしていないが、この流れからして、そう考えるのが自然だ。

案の定、浮雲は頷いてみせた。

「どうかかわりがあるのですか？」

八十八が問いを重ねると、浮雲は八十八の頭を軽く引っぱたいた。

「急くな阿呆が」

「いや、しかし……」

「どうかかわっているかを、これから調べるんだよ」

まあ、それはそうなのだろう。

確かに、気持ちが逸り、答えを急ぎ過ぎてしまっていたように思う。

「分かりました」

土方はそのまま立ち去ろうとしたが、それを浮雲が呼び止めた。

「もう一つ調べて欲しいことがある」

「何です？」

「今日、玉川上水の辺りで、死体が上がっただろう」

浮雲が口にしたことで、血塗れになったあの骸が、八十八の脳裏に蘇った。

「ええ」

「その死体の素性も一緒に洗っておけ」

浮雲が指示を出すと、伊織が「あの——」と口を挟んだ。

「その方なら、私が存じ上げています。北辰一刀流の道場の門下生で、伊藤半次郎という方です」

伊織が口にすると、浮雲が「ほう」と、尖った顎に手をやった。

「では、その男については、嬢ちゃんに任せよう」

浮雲が言うと、伊織は「分かりました」と、力強く応じた。

「では、私はこれで——」

土方が、まるで走るような速さで、歩き去って行った。

ここに来て、八十八は新たな引っかかりを覚えた。

「殺された伊藤さんという方も、かかわりがあるということですか？」

「多分な」

浮雲は、赤い双眸を細めて、遠くを見るような眼をした。

八十八には、何が何だかさっぱり分かっていないが、浮雲の赤い瞳には、一連の事件の行き着く先が、はっきりと見えているようだった。

「では、私も早速調べに行きます」

伊織が、そう言って歩き出す。

「待って下さい。私も一緒に行きます」

八十八は、慌てて伊織を追いかけようとしたが、「待て」と浮雲に呼び止められた。

「え？」

「お前には、他にやってもらうことがある」

そう言って、浮雲はにやりと不敵な笑みを浮かべた。

理由は分からないが、何だかとてつもなく嫌な感じがして、八十八の胸がざわざわと騒いだ。

五

翌日、八十八は改めて、三川屋を訪れることになった——。

「八十八さん。いったい、何がどうなってるんです？　昨日は、いきなり帰っちまうもんだから、旦那様も困っていましたよ」

顔を出すなり、番頭の五平が声をかけてきた。

眉を下げた表情から、戸惑いが窺える。

「いや、あの……」

八十八は、言い淀むしかなかった。

突然、引き揚げてしまったのだから、困惑するのも当然だ。納得してもらえるような説明をしたいところだが、何がどうなっているのか分かっていないのは、八十八も同じなのだ。

「あの憑きもの落としは、大丈夫なんですかい？　何だか、風貌も怪しいですし……」

五平が続けざまに言った。

まあ、浮雲を見てそういう感想を抱くのも頷ける。特に、墨で眼を描いた布で、両眼を隠している姿は、怪しいことこの上ない。

八十八も、何も知らずに町で見かけたら、五平と同じことを思ったかもしれない。

「ご安心下さい。浮雲さんは、憑きもの落としの腕だけは、確かですから」

八十八は早口に言った。

別に取り繕ったわけではない。浮雲は、素行や風貌に若干の問題はあるものの、これまで幾つもの心霊事件を解決してきた。憑きもの落としの腕だけは、信頼できる。

「しかしねぇ……」

「嘘ではありません。ただ、浮雲さんの憑きものの落とし方が、少しばかり変わっているだけです」

八十八は、そう言い添えた。

浮雲は、幽霊が見えるが、ただ見えるだけだ。経文を唱えたり、お札を使ったりして幽霊を祓うのではなく、幽霊が彷徨っている原因を見つけ出し、それを取り除くという一風変わった手法をとっている。

それ故に、最初はそのやり方を、誰しも不審に思う。

現に、八十八がそうだった。

しかし、変わってはいるが、理に適っている。効力の怪しい護符を売りつけられるより、よっぽど頼りになる。

五平は、納得していないという顔をしながらも「はあ」と返事をした。

八十八は、咳払いをしてから、改めて五平に向き合う。

「実は、ここに伺ったのは、五平さんに訊きたいことがあったからなんです」

「私に？」

五平が、目を丸くする。

「はい」

「それは、お嬢さんにかかわりのあることなんですか？」

「もちろんです」

八十八は、力強く頷いた。

だが、実際は、どうかかわりがあるのか、八十八自身よく分かっていない。浮雲に、訊ねて来いと言われてやって来たに過ぎないのだ。

「でしたら、旦那様の方が詳しいお話ができると思います。今、出ておりますが、すぐに戻って来ますので……」

五平が戸口の方を見ながら言う。

「あっ、いえ。先ほども言いましたが、五平さんに訊きたいんです」

「何でまた私に？」

五平が首を傾げる。

何で——と問われると困ってしまう。

「あの……お初さんがああなる前、ときどき、どこかに出かけて行くようなことは、ありませんでしたか？」

これ以上、詮索されても、しどろもどろになるだけだ。八十八は、強引に話を進めた。

五平は、不服そうにしながらも、考えるように視線を漂わせる。

「そうですね……そういうことは、あったと思いますよ」

「それは、どこに行っていたんですか？」

「場所までは分かりませんね。ただ、旦那様の使いで出ていたんだと思います。旦那様が言伝をしているのを、何度か見ましたから」

「それは、夜ですか？」

「ええ。夜だったと思います」

「何か、荷物は持っていませんでしたか？」

「持っていたと思いますよ。中身は知りませんが、風呂敷包みのようなものだったと思います」

「そうですか――」

ここまでは、浮雲が事前に予測していた通りの答えだ。

ただ、それが事件とどういう関係があるのかは、皆目見当が付かない。

正直なところ、何も分からない状態で色々と訊ねるのは、なかなか骨の折れる作業だ。浮雲には、もう少しちゃんとした説明をして欲しいところだ。

などと考えていると、五平が何かを思い出したらしく「そういえば――」と口にした。

「何です？」

八十八は身を乗り出して聞き返す。

「前に、居酒屋で呑んだ帰りに、お嬢さんを見かけたんです」

「それで――」

先を促す。

「こんな夜更けに、どうしたんだろう？　って思いながらも、声をかけようとしたんですが、その……」

そこまで言って、五平は言い淀んだ。

「どうしたんですか？」

八十八が、催促するように言うと、五平は苦笑いを浮かべてから口を開く。

「いやね。男と一緒にいたんですよ」

「想い人がいた――ということですか？」

「私には、そういう風に見えましたね。ただ……」

また、五平が言い淀んだ。

「何です？」

「いや、その相手の男ってのが、どうもお侍のようでしてね」

五平は、気まずいといった感じの表情を浮かべながら、ぽりぽりと自分の顔をかいた。

「侍――ですか」

お初も年頃だ。単に想い人がいたというだけなら、どうということはないが、相手が武士となると話は別だ。

お初は、三川屋のたった一人の跡とり娘だ。家を出て武家に嫁ぐというわけにはいかない。

それは、どう足掻(あが)いても叶(かな)わぬ想い——ということになる。

ここで八十八の中に、ふとある考えが浮かんだ。

「もしかして、五平さんが、お初さんを見たというのは、小山稲荷神社の近くではありませんか？」

八十八が訊ねると、五平が驚いた顔をした。

「どうして分かったんですか？」

「いや、どうしてと言われると困ってしまいます。ただ、何となくです……」

八十八は、苦笑いを浮かべながら早口に言う。

予想が当たったことは嬉しいが、この問いで、余計に五平を不審がらせてしまったかもしれない。

「でも、そのことと、お嬢さんが、ああなったこととは、かかわりがあるんですか？」

五平が腕組みをして首を捻(ひね)る。

「多分、あると思います」

「いったい、どうかかわっているんです？」

そう問われると、八十八も困ってしまう。

色々と見えてきたような気はするのだが、どうも朧げで、全体像はまるで分からないのだ。

結局、八十八は「そのうち、お話ししますので」と、逃げ口上を打った。

「で、他に何か？」

五平が、声をかけてくる。

相手は仕事中の身だ。あまり長いこと話をしているのは迷惑になる。だが、まだ辞去する訳にはいかない。

訊きたいことは訊いたが、もうひとつ、五平に頼みがあったのだ――。

六

暗い――。

夕闇が迫っているせいか、昨日足を運んだときより、一層闇が濃くなったように感じられる。

改めて座敷牢のある部屋に立った八十八は、ごくりと喉を鳴らして唾を呑み込んだ。

五平に頼んで、部屋に入れてもらったのだ。

格子で区切られた奥に、横になっている女の影が見える。

——お初だ。

今は眠っているのだろうか？　それとも、八十八が入って来たことを知りながら、寝ているふりをしているのだろうか？

近付けば、直満のように、皮膚を、肉を嚙み千切られてしまうかもしれない。そう思うと、額から冷たい汗が滴り落ちた。

本当であれば、一人でここに足を運びたくはなかった。

だが、浮雲にそうするように指示されたのだ。

八十八は、今回の事件においても、まったくと言っていいほど役に立っていない。頼まれたことくらいは、しっかりとやらなければ——そう思うのだが、やはり怖い。

そもそも、なぜ浮雲は、八十八一人をお初のところに来させたのだろうか？

お初は、狐憑にあっている。

下手(へた)に近付けば、八十八の方も、狐憑にあうかもしれないのだ。

これまで、幽霊に憑依された人間に、不用意に近付かぬように言ってきたのは、誰あろう浮雲自身のはずだ。

それなのに——である。

——うぅ。

呻(うめ)くような声がした。

八十八は驚きのあまり、思わず悲鳴を上げそうになった。

さっきより、さらに闇が濃くなった。

このまま、ここに突っ立っていたら、八十八自身が闇に呑み込まれてしまうような気がした。

もう、ここまで来たら、四の五の言わずに行くしかない。

八十八は、覚悟を決めて足を踏み出した。

みしり。

畳が軋む。

その僅かな音で、お初が起きてしまうような気がして、鼓動がどんどん速くなっていく。

——急がなければ。

が、焦ってお初を起こしてしまうわけにはいかない。

——慎重に。

内心で呟きながら、八十八は、さらに足を進める。

みしり。

お初の影が、段々と大きくなっていく。

みしり。

みしり。

どうにか、八十八は、格子の前まで歩みを進めることができた。

ここまで無事に辿り着けたことに安堵しつつ、八十八は懐から折りたたんだ紙を取り出した。

この紙には、文がしたためられている。

浮雲が書いたものだ。

八十八は、中身を見ていないので、何が書いてあるのかは知らない。

これを、お初に渡すというのが、八十八の役目だ。

お初に文を渡すことに、いったいどんな意味があるのだろう？　そもそも、狐憑にあっているお初は、文を読めるのだろうか？

——分からない。

八十八には、分からないことだらけだ。

何も分からないからこそ、余計に怖いと感じるのだろう。

八十八は、文を格子の隙間から奥に差し入れようと、屈み込んだ。

——チリン。

何処からともなく、鈴の音がした。

――え？

八十八は、音の出所を探して辺りを見回した。

だが、いくらそうしたところで、鈴は見つからない。

気のせいだったのかもしれない。

改めて、座敷牢に目を向けた八十八は、思わずぎょっとなった。

座敷牢の奥から、二つの血走った目が――。

八十八を睨み付けていた。

お初が、目を覚ましたのだ。

悲鳴を上げようとしたが、喉がひくひくと痙攣してしまい、ふひゅーっという息の漏れる音がするだけだった。

お初が、威嚇(いかく)するように歯を剝(む)き出しにした。

口の端から、ぼたぼたと涎が落ちる。

器量良しだと噂されたお初の面影は、どこにもない。まるで獣だ。

格子の隙間から、お初の手が伸びて来て、文を持っている八十八の手をがっちりと摑んだ。

「いっ！」

八十八は、強引にお初の腕を振り払う。

何とか、腕から逃れられたものの、仰向けに倒れてしまった。痛みはあったが、そんなものに構っている余裕はない。八十八は、すぐに起き上がった。

お初と目が合った。

血走った目が、八十八を見据えている。

――ぐぎぃ。

お初が不気味な声を上げる。

文は、格子のすぐ前に落ちていた。改めて拾って差し入れるような勇気はなかった。格子があるとはいえ、いつお初がそれを打ち破って飛び出して来るのか、分かったものではない。

あそこなら、手が届くだろうから、文を取ることができるだろう。

「そ、その文を読んで下さい」

言葉が通じているかどうか、定かではないが、浮雲に指示された通りのことを言い、小走りで部屋を出た。

――チリン。

背後で、また鈴の音がした気がしたが、今の八十八に振り返る余裕はなかった。

七

夜の帳が下り、月が浮かんでいた――。

青く不気味な月の光から逃げるように、八十八は足早に歩いた。

脳裏には、さっきのお初の目が、鮮明に焼き付いている。

血走った獣のような目――。

あれは、お初の本当の姿ではない。それは分かっている。いや、だからこそ、恐ろしいと思うのだろう。

八十八には、幽霊は見えないが、それでも、お初に何者かがとり憑いていることは、もはや間違いないだろう。

だが――。

いったい、どれほどの恨みを抱けば、あのような恐ろしい目をすることができるのだろう。

――チリン。

どこからともなく、鈴の音が聞こえた。

三川屋にいるときも、同じ鈴の音を聞いた気がする。

どこから聞こえてくるのだろう？

八十八は足を止めて振り返った。

少し離れたところに、黒い影が立っているのが見えた。男なのか、女なのか分からないが、人の形をしている。

一瞬、驚きはしたが、すぐに気を取り直した。

暗くなっているとはいえ、まだそれほど遅い時刻ではない。八十八以外の人が歩いていたとしても、何ら不思議はない。

お初に会ったことで、神経が過敏になっているのだろう。八十八は、ふっと息を吐いて再び歩き始めた。

——チリン。

また、鈴の音がした。

後ろにいる人物が、鳴らしているのだろうか？

八十八は足を止め、ちらりと振り返ってみる。黒い人影が、八十八の後方に立っていた。

何だか気味が悪いなと思いながらも、八十八は歩き始めた。

——チリン。

まただ。まるで、鈴の音が、八十八を追いかけて来るようだ。

改めて足を止めて振り返る。

相変わらず、一定の間隔を置いて、人影が立っていた。

八十八は、ここで妙なことに気付いた。

あの人影は、立ち止まったまま動かない。八十八が、歩き出すのに合わせて、あとをついて来るようだ。

そのことに気付くと、途端に恐ろしくなった。

男なのか、女なのか、分からないほど暗いにもかかわらず、人影が、にたっと笑みを浮かべたのが分かった。

八十八の脳裏に、ぬらぬらとした嫌な記憶が蘇ってくる。

——もしかしてあれは！

八十八は、それに気付くなり、恐怖に追い立てられて、一目散に駆け出した。

——なぜ、あの男がここにいるのだ？

いくら考えても分からなかった。だが、あの男に捕まれば、只(ただ)では済まない。八十八は、息を切らしながらがむしゃらに走った。

——チリン。

鈴の音が、あとから追いかけて来る。

——嫌だ！

八十八は、心の内で叫びながら走り続けた。

どれくらい走ったのだろう。いつの間にか、鈴の音は聞こえなくなっていた。逃げ切れたのだろうか？

後ろを確かめようと振り返った拍子に、どんっと何かにぶつかり、八十八は弾き飛ばされるように転んでしまった。

地面に突いた両手が、じんじんと痛んだ。

「くっ」

痛みを堪えながら顔を上げると、月明かりに照らされた黒い人影が、ずいっと八十八を覗き込んだ。

「ひっ！」

八十八は、頭を抱えるようにして、瞼を固く閉じながら悲鳴を上げた。

「八十八さん。大丈夫ですか？」

聞き覚えのある声がした。

おそるおそる目を開けてみると、そこにいたのは土方だった。

「ひ、土方さん」

「もの凄い勢いで走っていましたけど、何かあったのですか？」

土方が、心配そうに眉を寄せながら訊ねてきた。

「いや、その……私を追いかけてくる人影が……」

八十八がそう告げると、土方の表情が豹変した。

まるで、獲物を仕留める前の猛禽のように、殺気を孕んだ冷たい目を、八十八が走って来た方角に向ける。

しばらく、闇を睨んでいた土方だったが、やがて、ふっと息を吐きながら力を抜いた。

「誰もいませんよ」

土方に言われて、八十八も振り返ってみる。

さっきまで、八十八を追いかけて来た人影が、跡形もなく消えていた。

——勘違いだったのだろうか？

いや、そんなはずはない。あのただならぬ気配は間違いなく、あの男のものであったはずだ。

「そんなことより、あの男が待っていますよ」

土方が、穏やかな口調で言った。

「え？」

「さあ。行きましょう」

土方が、八十八に手を差し出してきた。

八十八は、土方の手を借りながら立ち上がり、改めて振り返ってみた。

だが――。

そこには、やはり人影はなかった。

八

「遅い――」

馴染みの居酒屋、丸熊の二階に上がり、座敷の襖を開けるなり、浮雲が苛立たしさを露わにした声で言った。

いつものように、壁に寄りかかるようにして、片膝を立てて座りながら、盃の酒に口をつけている。

部屋の中ということもあって、両眼を覆う布は外されていて、赤い瞳が露わになっている。

それにしても、たいそうな挨拶だ。

こちらは怖い思いをしたというのに、呑気に酒を呑んでいる姿に、無性に腹が立った。

「私は……」

文句を言ってやろうかと思ったが、そこに伊織の姿を見つけ、途中で言葉を呑み込んだ。

昨日とは違って着物姿だ。

「八十八さん。どうしたんですか？　顔色が悪いですけど……」

伊織がわずかに腰を浮かせ、心配そうに声をかけてきてくれた。

「いえ。何でもありません」

八十八は、強張（こわば）った顔を緩めて笑みを浮かべてみせた。

あの男に追いかけられた話をしようかと思ったが、止めておいた。あまり、伊織を心配させたくない。

そもそも、あれは八十八の見間違いかもしれないのだ。

「何にしても、まずは入りましょう」

土方に促され、八十八は部屋に入って腰を落ち着けた。

「で、どうだった？」

浮雲が、盃に入った酒を揺らしながら訊ねてくる。

八十八は、大きく息を吸って、気持ちを落ち着かせたあとで、五平から聞いた話を浮雲に語ることとなった。

お初が、小山稲荷神社の近くで、武士らしき男と会っていた——という話も、最後に言い添えた。

少しは驚くかと思ったが、浮雲は「だろうな——」と呟くように言うと、盃の酒をぐいっと一気に呑み干し、ぷはっと熱い息を吐いた。

せっかく頑張って調べたというのに、何とも張り合いのない態度だ。

「まるで、最初から知っていたみたいですね」

そう言うと、浮雲は上目遣いに八十八を見た。

「ああ。分かっていたさ」

こともなげに言う浮雲に、思わずむっとなる。

「分かっていたなら、何で訊きに行かせたのですか？　私は無駄骨じゃないですか」

「そう言うな。推量だけでは、憑きものは落とせん」

浮雲の言い分は、分からないでもない。

推し量るだけなら誰でもできるし、何とでも言える。色々な話を聞き出すことで、地固めをする必要がある。

これまでの経験で、八十八もそれは痛いほどに分かっている。

「それで。文は渡したか？」

浮雲が、左の眉をぐいっと吊り上げながら訊ねてきた。

「ええ。多分……」

渡したと言い切ってしまえば良かったのだろうが、それだと、嘘を吐いているような気がしてしまった。

案の定、浮雲が「多分てのは、どういうことだ？」と問い詰めてきた。

八十八は仕方なく、お初に腕を掴まれた際に、格子の前に文を落としてしまい、逃げるように帰って来たことを、もぞもぞと話すことになった。

「びびって逃げ帰るとは、情けねぇ野郎だ」

浮雲が呆れたように言う。

自分が情けないことは事実なので、何も言えない。

「そう言わないで下さい。八十八さんは、あなたとは違うのです。怖いと思って当然ですよ」

慰めの言葉をかけてくれたのは、土方だった。

「八十八さんが無事だったのですから、それでいいのです」

伊織も、八十八に優しい声をかけてくれた。

気遣いは有り難いのだが、そんな風に同情されると、余計に情けない気分になってしまう。

「まあいい。仮に文が渡らなかったとしても、手は幾らでもある」

浮雲は、そう言いながら盃に酒を注ぐ。

他に手があるなら、最初からその方法を使って欲しいものだ。思いはしたが、口に出すことはなかった。

「それで——歳三。お前の方はどうだったんだ？」

浮雲が、今度は土方に視線を向けた。

それを受けた土方は、すっと立ち上がり、浮雲に身を寄せると、耳許で何かを囁く。

息を潜めて耳をそばだててみたが、何を言っているのかは聞き取れなかった。それは、伊織も同じらしく、困惑した表情を浮かべている。

「あの……いったい何を……」

問いかけようとした八十八の言葉を遮るように、浮雲が「やはりそうだったか——」と呟いた。

「何か分かったのですか？」

八十八が訊ねると、浮雲はにいっと口の端を吊り上げて笑った。

何とも妖しげな笑みだった。

「今回の事件の真相——ってところだ」

浮雲はそう言うと、酒をぐいっと呑み干し、盃を畳の上に放った。

八十八には、まだおおよその事柄すら見えていない。真相が何を示すのか、まるで分からない。

「いったい、何がどうなっているんですか？」

八十八が改めて訊ねると、浮雲は金剛杖を手に、すっと立ち上がった。

上背のある浮雲が、こうして立ち上がると、圧倒的な存在感を放っているようだ。

「憑きものを落としに行くぞ――」

浮雲が声高らかに言う。

その言葉に、八十八の身体がわずかに震えた。

何が起きていたのかは知りたい。だが、同時に、知ってはいけないことであるような気もしていた。

「どうする？　行くか？」

浮雲が、呆然としている八十八に問いかけてきた。

一瞬、答えに詰まった。

迷いはある。だが、それでも、ここまでかかわっておきながら、後になって顚末だけ聞かされるというのは、どうにも釈然としない。

この目で、浮雲の言う真相をしかと確かめたい。

「もちろん――行きます」

八十八は、浮雲のあとを追うように立ち上がった。

九

浮雲が足を運んだのは、小山稲荷神社だった——。

宝玉と鍵を咥える狐の石像が、月明かりの下、妖しく佇んでいる。

憑きものを落としに行く——と言われ、お初のいる三川屋に行くものとばかり思っていたので、少し意外だった。

おまけに、土方は一番肝心なときに、他に用があると、早々に立ち去ってしまった。

伊織も、八十八と同じように困惑しているらしく、形のいい眉を下げ、辺りを見回している。

「この場所で、お初さんの憑きものが落とせるのですか？」

八十八が訊ねると、浮雲は赤い布に描かれた墨の眼で睨んできた。

いや、実際は睨んだのではなく、ただ八十八を見ただけなのだろうが、やはり墨で描かれた眼は怖い——。

「お初の憑きものを落とすためには、まずは、この神社の幽霊の一件を片付けなければならん」

土方から持ち込まれた一件のことを言っているのだろう。

「噂の通り、ここには幽霊がいるのですか？」

八十八の問いに、浮雲は「ああ」と短く答えた。

幽霊がいる——そう思うだけで、辺りの闇が、より一層深くなり、空気が冷たくなった気がするから不思議だ。

「その幽霊は、いったい何者なのですか？　どうやって祓うのですか？」

八十八は、続けざまに問う。

しかし、浮雲は答えるどころか、返事をすることもなく、ずんずんと社の脇にある標縄の張られた杉の木の前に歩みを進めると、その根元を探るように金剛杖で突っつく。

——いったい、何をしているのだろう？

八十八が、考えを巡らせていると、やがて浮雲が「この辺りか——」と呟いた。

「何がこの辺りなのですか？」

八十八は、堪らず声をかける。

「説明は後でしてやる。お前らは、ここを掘れ」

浮雲は、金剛杖でとんとんと、杉の木の根元の一点を突いた。

益々意味が分からない。

八十八は、伊織と顔を見合わせて首を傾げながらも、近くにあった枯れ枝を拾い、杉の木の根元を掘り始めた。

どういうわけか、この辺りの地面だけ土が軟らかく、どんどんと掘り進めることができた。

おそらく、既に誰かがこの場所に穴を掘っていたのだろう。

しばらく掘り進んだところで、伊織が「あっ！」と声を上げた。

――何事だ？

目を向けた八十八は、思わずぎょっとなる。

土の中から、何かが突き出ていた。

それは――指だった。

人間のものと思われる指が、地面の下から出ていた。つまり、ここには骸が埋まっているということだ。

八十八は、驚きのあまり固まってしまったのだが、伊織は合掌して黙禱を捧げたあと、再び地面を掘り始める。

その姿を見て、八十八も気を取り直し、伊織に倣って地面を掘った。

額に汗を浮かべ、黙々と作業を続ける。

やがて、地面の下から現われたのは、武士らしき恰好をした、若い男の骸だった。

肉のあちこちが腐ってはいたが、白骨化するまでには至っていない。最近、埋められたのだろう。

「この神社に現われる幽霊の正体だ――」

浮雲が、墨の眼で骸を見下ろしながら言った。

「どういうことです？」

八十八は、立ち上がりながら訊ねた。

「言葉のままだ」

浮雲は、さも当然のように言う。

「そんな説明では、分かりません」

「私も、どういうことか知りたいです」

八十八の言葉に、伊織も同じく声を上げた。

浮雲は、面倒臭そうに舌打ちをしたあと、がりがりと頭をかいてから説明を始めた。

「歳三の調べたところによると、この男は、岡田弥十郎（おかだやじゅうろう）というらしい」

「岡田弥十郎――武士ですか？」

「ああ。水戸藩（みとはん）の武士だ」

「どうして、その人が、こんなところに埋められているのです？」

「岡田は、倒幕派の武士たちとつるんで、色々と策略を巡らせていたんだ」

「倒幕派――」

詳しいことは分からないが、昨今、徳川幕府のやり方に納得がいかず、幕府そのものを倒してしまおうという血腥い動きがあることは、何となく耳にしていた。

「倒幕派の武士が、どうしてここで死んでいるんですか？」

問いを投げかけたのは、伊織だった。

それが一番の問題だ。一瞬、幕府の役人に斬られた——ということも考えたが、だとしたら、杉の木の下に埋めて隠す必要などない。

堂々と捕縛して、裁きを受けさせればいいだけのことだ。

「仲間割れさ——」

浮雲が苦い顔をしながら言った。

「仲間割れ？」

「ああ。岡田のつるんでいた連中の中で、諍いが生じて仲間割れが起きた。その結果として、邪魔者となった岡田は殺された」

「だから、死体を杉の木の下に隠した——というわけですか」

「そうだ」

浮雲が大きく頷いた。

倒幕派の武士たちが、仲間割れから岡田を斬ったのなら、その骸を隠すのは当然のことだろう。

もし、見つかりでもしたら、そこから自分たちの企みが幕府に知れることにもなる。

殺された岡田は、その無念から、幽霊となってこの神社を彷徨った。そして、神社に幽霊が出るという噂が広がったというわけだ。

「でも、どうしてこの神社だったのですか？」

疑問を挟んだのは伊織だった。

言われてみれば、そうである。死体を隠すのに、どうしてこの神社だったのか？

「ここは人目につかない。奴らが密会する場所になっていたんだよ」

「なるほど——」

八十八は声を上げた。

倒幕派の者たちが、策略を巡らせるのに、人目についてはまずい拙い。廃墟となった神社は、うってつけだったのだろう。

「いったい、どんな諍いがあったのでしょう？」

伊織が、細い声で言いながら、骸となった岡田に目を向けた。

「詳しいことは分からんが、倒幕派と一口に言っても色々だ。思想を語り合っているだけの連中もいれば、要人を暗殺してしまおうって過激なやから輩もいる。おおもと大本の考えは同じでも、一枚岩とはいかんさ——」

浮雲の言葉は、どこか悲哀に満ちていた。

骸と成り果てた岡田に、思いをは馳せているのだろうか？ ある或いは、もっと別のことを考えているのだろうか？

しばらく、考えを巡らせていた八十八だったが、肝心なことを忘れていることに思い至った。

「この岡田という人と、お初さんの狐憑は、どうかかわりがあるのですか？」

八十八が問うと、浮雲はドンッと金剛杖で地面を突いた。

風が吹き、ざわざわっと杉の木の枝が揺れる。

「どうした？　出て来ないのか？」

浮雲が誰にともなく声をかける。

いったい、誰に向かって問いかけているのだろう？　八十八は、辺りを見回してみたが、人の姿らしきものは見当たらない。

「隠れても無駄だ。お前らは逃げられん――」

浮雲がそう続ける。

茂みががさがさと揺れた。

また風が吹いたのかと思ったが、そうではなかった。

茂みの中から、男たちが姿を現わした。

十

「な、何なんですか。この人たちは……」

八十八は、驚きのあまり声を上げた。

茂みの中から現われたのは、腰に刀を差した武士と思しき者たちだった。数は全部で四人——。

「さっきの話を聞いていれば、分かるだろう。こいつらが、岡田を殺した連中だ」

浮雲が言った。

「どうして、ここに？」

八十八が問うと、浮雲はふんっと鼻を鳴らして笑った。

「決まっているだろ。岡田を殺したことが、明るみに出る前に、おれたちを斬り捨てるつもりさ」

「何と！」

八十八は、思わず声を上げた。

一方の浮雲は、危機が迫っているというのに、その表情に緊張はなく、弛緩しているようにすら見える。

男たちが一斉に抜刀した。

どうやら、本気で八十八たちを斬り捨てる考えのようだ。

「八十八さんは、下がっていて下さい」

伊織が、八十八の盾になるように立った。伊織は、この者たちと闘うつもりのようだ。

「いい。お前も下がっていろ」

浮雲が、金剛杖で八十八と伊織とを纏めて押し下げ、自らがずいっと前に出た。

「しかし……」

口を挟んだ伊織を、浮雲が墨の眼で睨んだ。

「着物の上に、木刀も持っていないのでは、邪魔になるだけだ」

浮雲が、ぴしゃりと言う。

確かにそうだ。袴に木刀を携えた伊織であれば、戦力にもなるが、今は着物姿だ。動きが鈍くなるのは明白だ。

伊織も、それを悟ったらしく、唇をきつく噛み、わずかに後退った。

「さて――」

浮雲は、金剛杖を肩に担ぎ、墨の眼で男たちを見据える。

「ここで大人しく退けば、痛い思いをしなくて済むぞ」

浮雲は、そう言ってから、にやりと不敵な笑みを浮かべた。

「たった一人で、我ら四人を相手にできるとでも思っているのか？」

男のうちの一人が、挑発するように言う。

並の男であれば、それで怯むのだろうが、その程度で臆する浮雲ではない。

「お前らみたいな三下相手には、おれ一人でももったいないないくらいだ」

案の定、浮雲は飄々と言ってのける。

「強がるなよ」

「強がってんじゃねぇ。言っておくが、おれは強いぜ――」

浮雲が、墨の眼で男たちを睨む。

その迫力に呑まれたのか、男たちの間に、動揺の波が広がっていく。

「見えてない癖に、偉そうに言うじゃねぇか」

首領と思しき男が、声を上げて笑った。

それに釣られて、他の男たちも、声を上げて笑う。

そのうち、浮雲まで笑い出した。

神社の中に、笑い声が響き渡る。その異様な光景に、八十八は息を呑んだ。

やがて、浮雲がぴたりと笑うのを止めた。

男たちの笑い声も消える。

「誰が、見えてないと言った――」

浮雲は、そう言いながら、両眼を覆う布をするすると解いた。

月光に照らされて、浮雲の双眸が妖しく光る。

「お前――見えるのか？」

首領と思しき男が、震える声で言った。

「ああ。見えるぜ。お前たちが見ている以上のものがな」

浮雲は、金剛杖を大きく身体の周りで回したあと、ドンッと地面を突いた。

場の空気が一変した。

普段は、気怠げにしている浮雲だが、こういう時は、とんでもない存在感を放つ。

いったい、どんな人生を歩めば、これほどまでに圧倒的な気を放つことができるのか――八十八は、今さらながらそんなことが気になった。

「見えたところで、相手は一人だ。恐れるな！」

首領と思しき男が吠えると、他の者たちが「おう」と応じた。

「どうしてもやるって言うなら、相手になってやる」

浮雲がひょいっと手招きする。

「えぇい！」

一人の男が、かけ声を発しながら、上段に構えた刀を、浮雲に向かって真っ向に振り下ろした。

――速い！

だが、浮雲の動きは、それよりも速かった。

身体を半身にして、ひらりとその刀を躱すと、金剛杖で男の足を掬った。

男は、声を上げる間もなく仰向けに倒れる。

浮雲は、間髪を容れず、容赦なくその男の顔面を踏みつけた。

男は白目を剝いたまま、動かなくなった。

「次はどいつだ？」

浮雲が眼を細めて、赤い瞳で男たちを睨め回す。

まるで、血に飢えた狼のようだ。

残った男たちが、明らかに狼狽しているのが分かった。

一人やられたとはいえ、数の上では、まだ圧倒的に優位だが、それを埋めて余りある実力が、浮雲にあることを肌で感じているのだろう。

「怯むな。相手は、所詮一人だ。一斉にかかれば、どうということはない」

首領と思しき男が言った。

それにより、男たちの目に力が戻った。武士としての意地があるのかもしれない。

男たちは、小声で何事かを話すと、三方に散り、浮雲を囲むように立った。

それぞれ別の方向から、一斉に斬りかかろうという腹なのだろう。

――拙い。

さすがの浮雲でも、三方から同時に攻撃をされたら、凌げるかどうか怪しいところだ。

「浮雲さん！」

何の役にも立たないとは承知の上で、八十八は助太刀に入ろうとした。

だが――。

伊織に袖を摑まれた。

「危険です」

頭を振りながら伊織が言う。

「し、しかし、このままでは浮雲さんが」

「行けば邪魔になるだけです」

確かに、伊織の言う通りだ。

八十八が何かをしようとしたところで、助けになるどころか、余計に足を引っ張るだけだ。

悔しいが、自分たちには、こうして見ていることしかできない。

男たちが、じりじりと包囲網を狭めていく。

――このままではやられてしまう。

そう思った矢先、三人の男たちがお互いに目配せをしながら、一斉に浮雲に斬りかかった。

——危ない！

八十八は、身体を強張らせた。

浮雲は、ぶんっと空を切る音をさせながら、身体ごと金剛杖を大きく一回転させた。

その途端——。

どういうわけか、男たちが刀を構えたまま固まった。

まるで、時が止まったかのようだ。

——いったい何があったんだ？

八十八が、困惑していると、浮雲が頭上で金剛杖をぐるぐると回転させたあと、地面をドンッと突いた。

それを合図に、男たちが一斉に地面に崩れ落ちるように倒れた。

「なっ！」

まるで、妖術でも使ったかのようだ。

「愚策でしたね」

伊織が呟くように言った。

「え？」

「金剛杖は、刀より間合いが広いのです。一気に距離を詰めて波状攻撃を仕掛けるべきところを、恐れが強く、包囲しながら徐々に近付くという愚を犯しました」

伊織の説明で、八十八は「ああ」と納得する。

金剛杖は、刀より間合いも攻撃範囲も広いが、逆に小回りが利かない。波状攻撃を仕掛ければ、まだ勝ち目はあったが、取り囲みながら、徐々に距離を詰めるという策に出た為、一網打尽にされた。

おそらく、伊織はそれを分かっていたから、浮雲に任せたのだろう。

——チリン。

鈴の音がした。

地獄へ誘うような、不穏な響きを持った鈴の音だ。

——いったい、どこから？

八十八は、辺りを見回してみる。だが、音の出所が分からない。

——チリン。

——チリン。

それでも、鈴の音は続いている。

「そんなところで、こそこそしていないで、さっさと出て来たらどうだ？」

浮雲が、杉の木に向かって告げる。

あの木の陰に、まだ何者かが潜んでいるとでも言うのだろうか？　もし、そうだとしたら、いったい誰が？

八十八は、杉の木を凝視する。

だが、人がいるような気配はない。浮雲の勘違いだろうか？

八十八が、考えを巡らせているうちに、浮雲がずいっと杉の木に歩み寄った。

「いるのは分かっている。早く出て来い——狩野遊山」

浮雲が、その名を告げた。

それに答えるように、チリン——と鈴が鳴った。

やがて、闇の中から浮き上がるように、薄汚れた法衣を纏い、深編笠を被った虚無僧が姿を現わした。

深編笠のせいで、顔は見えない。だが、それでも分かる。

あのような、禍々しい瘴気を放つ男といえば、狩野遊山以外、あり得ない。

狩野遊山は、元は狩野派の絵師であった男だが、別の顔も持っている。

巧みな言葉で、人の心の隙間に入り込み、その行動を操り、自ら手を下すことなく死を招き入れる呪術師だ。

これまで幾つもの事件を引き起こしてきた。

八十八は、この場に遊山が現われたことに、さほど驚きはなかった。

此度の事件において、はっきりと姿を見たのはこれが初めてだが、八十八は何度か鈴の音を耳にしている。

狩野遊山が、事件にかかわっていることは、何となくではあるが察していたところだ。

「さすがですね――」

遊山が、笑いを含んだ声で言う。

「この者たちは、それなりに腕が立つのです。それを、こうも簡単に打ち倒してしまうのですから――」

遊山は、そう続けながら、地面に転がっている男たちに目を向けた。

「お前なんかに褒められても、嬉しくはねぇ」

浮雲が、吐き捨てるように言う。

「相変わらず、つれないですね」

「黙れ。斬られる前に、さっさと消えろ。お前の仕事は、終わったはずだ」

浮雲が苛立ちの滲んだ声で告げる。

「そうですね。少しばかり予定が狂いましたが、一応の目的は達しました」

遊山が小さく頷きながら言う。

――いったい何が目的だったのだ?

浮雲は、全てを承知しているようだが、八十八には、皆目見当がつかない。

そもそも、お初の狐憑を発端とした此度の事件についても、まだよく分かっていないのだ。

「しかし——せっかくあなたたちに会えたのです。帰るのは、もう少しだけ楽しんでからにしましょう」

遊山は、ゆっくりと深編笠を外した。

その顔は、身なりに反して線が細く、美しい顔立ちで、女と見紛うほどだった。それでいて、目だけは凍えるほどに冷たい。

「お前なんぞの相手をしている暇はない」

浮雲が遊山を睨み付ける。

「おや。殺したいほどに私を恨んでいるはずなのに、今宵はずいぶんと弱気ですね」

「何をごちゃごちゃと言ってやがる」

「なるほど——そこの二人を庇いながらでは分が悪い。だから、私に退かせたいのですね」

遊山は、にたっと暗い笑みを浮かべながら、八十八と伊織を交互に見た。

「黙れ！」

「相変わらず、あなたは甘いですね」

「黙れと言っているだろ」

「そういえば、あの時も、あなたは救えませんでしたね。それで、己の非力さが嫌になり、京から逃げ出した――」

「いい加減にしろ！」

浮雲の身体から、怒りの炎が舞い上がったようだった。

あの時とは、いつのことなのか？　いったい誰のことを救えなかったのか？　浮雲は、かつて京の都にいたのか？

八十八の中に、様々な疑問が渦巻く。

「枷(かせ)を付けたままでは、かつてのように自由に動くこともままならないですね。いいでしょう。まずは、あなたを枷から解き放つとしましょう――」

そう言った遊山の手には、いつの間にか刀が握られていた。

そして――。

殺気を帯びた冷たい目が、八十八と伊織に向けられている。

拙い。逃げなければ――そう思うのだが、蛇に睨まれた蛙(かえる)のように、身体が動かなかった。

それは、伊織も同じのようだ。

伊織の身体が、わずかではあるが震えていた。

以前、伊織は遊山と対峙(たいじ)したことがある。あのとき、伊織はまるで子ども扱いだった。

遊山が相手では、太刀打ちできないことを、伊織自身、よく分かっている。

「てめぇ……」

浮雲が低く呻くのと同時に、遊山が動いた。

目にも留まらぬ速さで、刀を振るったかと思うと、浮雲の持っていた金剛杖が両断されていた。

「これで、武器はなくなりましたね」

遊山が楽しそうに笑う。

「貴様――」

「いい顔ですね。あの時と同じです」

遊山がじりっと距離を詰める。

浮雲は、八十八と伊織の盾になるように立ち、遊山を牽制しているものの、切られた金剛杖では、まともに立ち合うことすらできない。

「おれを殺したいなら、そうすればいいだろうが」

浮雲が舌打ち混じりに言う。

「勘違いしないで下さい。私は、あなたの命を欲しているわけではないのです」

「何？」

「ただ――落ちて欲しいんですよ」

遊山が、びゅんっと刀を振るった。

その切っ先は、浮雲の左の頬を掠める。

ぱっくりと傷口が開き、顎先からひたひたと赤い血が滴り落ちる。

それでも、浮雲は微動だにしなかった。

このままでは、浮雲が斬られてしまう——そう思った八十八は、ぐいっと浮雲を押しのけて、遊山の前に立った。

自分でも、なぜそうしたのか分からない。自分などが、盾になったところで、何の役にも立たないことも分かっている。

それでも——考えるより先に、身体が動いていた。

「これ以上は、やらせません！」

八十八は、両手を広げながら叫んだ。

浮雲は、手癖が悪く、色を好み、守銭奴で毒舌。最初の印象は最悪だった。だが、八十八はそんな浮雲に幾度となく救われている。

単に、命を助けられたというだけではない。浮雲がいたから、絵師を志そうと意を固めることができた。

いや、そもそも、そんなものは口実に過ぎない。

八十八にとって浮雲は、単に友人というだけでなく、かけがえのない存在になっていた。

自分の大切な人が、危機に瀕しているというのに、我が身可愛さに、手をこまねいていることなど、八十八にはできなかった。

もちろん、遊山に太刀打ちすることなどできない。しかし、この身を犠牲にすることで、浮雲が反撃するための時間を作ることはできる。

「ほう。まるで、あの時と同じ光景ですね——」

遊山が、にたっと陰湿な笑みを浮かべると、刀を上段に構えた。

「これを使って下さい」

闇を切り裂くように、声が響いた。

——誰だ？

目を向けると、石段を上がったところに、人影が立っていた。その影は、手に持っていた棒のようなものを、浮雲に向かって投げた。

浮雲は、器用にそれを摑み取る。

それは——鞘に納まった刀だった。

「どいてろ！」

浮雲は、八十八を突き飛ばしながら、刀を引き抜く。

地面に倒れ込んだ八十八の耳に、きんっと鋼がぶつかり合う甲高い音が響いた。

見ると、浮雲と遊山が斬り結んでいた。

互いの視線が、ぶつかり合い、火花を散らしているようだった。

「余計な邪魔が入りましたね……」

遊山は、呟くように言うと、飛び退くようにして浮雲から離れる。

「間に合ったようですね——」

石段のところにいた影が、そう言いながら歩みよって来た。

近付いて来たことで、ようやく顔が見えた。

——土方だった。

刀を携えていて、その顔には、いつもの笑みではなく、殺気を孕んだ硬い表情が浮かんでいた。

「あなたたち二人を相手にするのは、さすがに少々骨が折れますね」

遊山は、笑みを浮かべたまま言うと、刀を鞘に納め、そのまま背中を向けてしまった。

今なら、あの男を打ち倒すことができる——そう思ったが、浮雲も土方も、黙ったまま動かなかった。

「下手に手を出すと、こちらも只では済みません」

八十八の心の内を見透かしたように、土方がぽつりと言った。

背中を向けている遊山に、二人がかりで挑んだとしてもなお、勝てる見込みがあるとは言いきれないらしい。

それほどまでに、遊山は恐ろしい男なのか——。

八十八は、今さらのように感じ入りながら、闇に溶けるように歩き去って行く遊山の姿を見送った。

十一

「いったい、何がどうなっているのです？」

遊山の気配が、完全に消えるのと同時に、八十八の中に一気に疑問が湧き上がった。なぜ、この場所に狩野遊山が現われたのか？　そして、どのような形で、今回の事件にかかわっていたのか？

その辺りが、八十八にはさっぱり分からなかった。

「この有様を見て、分からねぇか？」

浮雲は、頬の傷を着物の袖で拭いながら、足許に転がっている四人の武士に目を向けた。

分かって当然といった口ぶりだが、残念ながら、八十八には見当もつかない。

「どういうことなんですか？」

八十八が改めて訊ねると、「私にも、さっぱり分かりません」と、伊織も同意の声を上げた。

浮雲は、面倒だな——という風にため息を吐きつつも、口を開いた。

「この巻物を覚えているか？」

浮雲が、懐から古びた巻物を取り出した。

八十八は、大きく頷いた。あれは、昨日この神社に来たとき、浮雲が社の中から持ち出して来たものだ。

問題は——。

「その巻物は、いったい何なんですか？」

八十八が問うと、浮雲は巻物を解いて、中身が見えるように広げた。

そこには、絵が描かれていた。

六人の武士が、互いに斬り合って血塗れになっている。

そして、その様を大きな狐が、じっと見ている。まるで、骸になった男たちの肉を狙っているかのようだった——。

見ているだけで、胸がぞわぞわと騒ぐ、何ともおどろおどろしい絵だ。

身の毛もよだつその絵を見て、八十八はようやく合点がいった。

「その絵は——狩野遊山が描いたものですか？」

八十八の問いに、浮雲は頷いた。

狩野遊山は、呪（まじな）いをかけるとき、その象徴となるような絵を描き、現場に残していく。この絵は、まさにそれだったということなのだろう。

「さっきも言ったが、ここに倒れている武士たちは、倒幕派の連中だ。狩野遊山は、こいつらを亡き者にするために、互いの心を操り、疑心暗鬼に陥らせ、仲間割れをするように仕向けたのさ」

「何と！」

狩野遊山は、呪術師ではあるが、自分の感情によって人に呪いをかけているわけではない。

おそらくは、幕府側の何者かの差し金で、邪魔になる者たちを始末しているのだ。

そこで、倒幕派だったこの者たちが、要人の暗殺など大きな事を起こす前に、始末をしようとした――ということなのだろう。

「昨日、玉川上水の辺りで見つかった男も、仲間割れの結果として、殺されたというわけだ。発見されないように死体を川に流したつもりが、失敗したといったところだろう」

浮雲が付け足すように言った。

この武士たちの件は、何となく分かった。だが、一番肝心な問題が残ったままだ。

「お初さんの件とは、どうつながるのですか？」

今回の一件は、お初が狐憑にあったことに端を発している。

倒幕派の武士が、仲間割れをした一件と、どういうつながりになるのか、八十八には
さっぱり分からない。

「歳三。連れて来ているんだろ」

浮雲は、八十八の問いに答えることなく、土方に目を向けた。

「ええ。お初さん。もう大丈夫ですよ――」

土方がそう告げると、石段を人が上がって来た。

八十八たちの前まで来ると、丁寧に頭を下げた。

――お初だった。

――あれ？

八十八は困惑する。

お初は、狐憑にあっていたはずだ。今、目の前にいるお初からは、座敷牢に閉じ込められていたときのように、目を血走らせ、涎を垂らし、今にも襲いかからんとしていた姿は、微塵も感じられない。

「これは、いったいどういうことなんですか？」

八十八が言い募ると、浮雲はいかにも面倒臭そうに、がりがりと頭をかいた。

「まあ、簡単に言えば、詐病だったのさ」

「詐病ではなく、詐憑とでも言った方がいいか」

「いったい、何の話をしているのです？」

「だからさ――お初は、狐に憑かれたふりをしていたのさ」

「ふり？」

八十八は、呆気に取られた。

あの鬼気迫る振る舞いが、芝居だったというのか――。

この様子からして、浮雲が言っていることに嘘はないようだ。だが――。

お初が、目に涙を浮かべながら、再び頭を下げた。

「申し訳ありません」

「なぜ、そのようなことを？」

八十八は、眉を下げながら訊ねた。

狐に憑かれている芝居をする理由が、いったいどこにあるというのだろう。

お初は、下唇を噛み、じっとしているだけで、一向にその答えを口にしようとしない。

そんなお初に代わって、説明を始めたのは土方だった。

「三川屋の主人である直満さんは、倒幕派であるこの武士たちを、陰で援助していたんですよ」

「ええ。まあ、主に金銭です」

「援助？」

「なぜ、そのようなことを？」

「今の世の中を変えたいと思っているのは、何も武士だけではありません。昨今では、こういう話をよく聞きます」

「そ、そうなんですか……」

八十八にとっては驚きだった。

政（まつりごと）は、武士が行うことで、自分たちにはまったくかかわりのないものだと思っていた。だが、中には、そうでない者たちもいる。

その一人が、直満だった。

「でも、どうして直満さんが、倒幕派の援助をしたことと、お初さんが狐憑にあったふりをすることがかかわっているんですか？」

八十八は、更に訊ねた。

土方は、「うん」と一つ頷いてから話を続ける。

「お初さんは、直満さんに頼まれて、神社にいるこの連中に金を届ける役目を担っていたんです」

「ああ」

土方の説明を聞き、八十八は番頭の五平の話を思い出した。

お初は、直満の使いで、どこかに出かけることが多かった。そして、夜、武士らしき男と一緒にいるところを見られている。

それは、そうした事情があってのことだったのだろう。

「ところがある日、お初さんは、とんでもないものを見てしまったのです……」

「何を——見たのです？」

八十八は、訊ねながらお初にちらりと目をやった。

「それですよ」

土方が、杉の木の根元に埋められていた骸を指さした。

お初は、仲間に斬り殺される武士を見てしまったということなのだろう。

「そうか……」

「それを見たお初さんは、恐ろしくなったのです。直満さんが援助しているのは、仲間を斬り殺すような連中だったのですから」

「そのことは、直満さんには？」

八十八が訊ねると、お初が「言いました……」とか細い声で答えた。

「え？」

「言いました……。しかし、父は、取り合ってはくれませんでした……」

　お初が、掠れた声で言った。

　その先も、言葉を続けようとしていたが、うっと嗚咽が漏れるだけで、喋ることができなくなってしまった。

　土方が、大きく頷き、話を引き受ける。

「もしかしたら、やがては自分たちにも危害が及ぶかもしれない。お初さんは、そう思うようになったのです」

「…………」

　その気持ちは分かる。

　八十八が、同じ立場だったら、お初と同じように考えただろう。

　援助しているとはいえ、仲間を斬り殺してしまうような連中だ。いつ、自分たちを邪魔者として始末しに来るか分かったものではない。

「そこで、お初さんは一計を案じたのです」

「もしかして……」

「ええ。狐憑にあったふりをすることです」

「どうして、そんなことを？」

「狐憑の出た家は、災いを呼び込むとして、みな、かかわるのを嫌います」

「そうか！」

八十八は、納得の声を上げた。

お初が狐憑にあったという噂が広まれば、件の武士たちも、三川屋に近付かなくなる――そう考えたということだろう。

八十八は、ようやく腑に落ちた。

浮雲の言うように、神社での事件と、お初の狐憑は、つながっていたというわけだ。

「ちなみに、八十八さんが、お初さんに渡した文には、この男の筋読みが書かれていました。その上で、悩みの根源を断つので、こちらの話を聞くように――と」

土方が、目を細めながら言った。

――そういうことか。

何も分からないうちから、お初を説得しようとしても応じないことは明らかだ。

だから、こちらが事情を分かっていると伝えた上で、土方が改めてお初を迎えに行ったということなのだろう。

「あの……浮雲さんは、いつからお初さんの狐憑が芝居だと気付いていたんですか？」

八十八が訊ねると、浮雲は「ふん」と鼻を鳴らした。

「最初からに決まっているだろうが」

言われて、はっとなる。

別に、浮雲が強がりを言っているわけではない。幽霊が見える浮雲は、お初に会ってすぐに、狐憑が芝居であると見抜いたというわけだ。

「何にしても、これでお前が狐憑にあったふりをする必要はねぇ」

浮雲が言うと、お初はこくりと頷いた。

「さて――行くとするか」

浮雲は、大きく伸びをすると、そのまま歩き出した。

「ちょ、ちょっと待って下さい」

八十八は、慌てて浮雲を呼び止める。

「何だ？」

浮雲が、気怠げな声を上げる。

「この人たちは、どうするんですか？」

八十八は、倒れている武士たちに目を向けた。

「それは、私にお任せ下さい」

答えたのは土方だった。

「え？」

「そのまま、御上に引き渡したのでは、三川屋とのかかわりが疑われ、累が及ぶことは明らかです」

それは、土方の言う通りだ。

幕府転覆を狙った連中を援助していたとなれば、三川屋も同罪だ。下手をすれば、直満もお初も死罪になる。

「どうするのですか？」

八十八が問うと、土方の顔から笑みが消えた。

「さて、どうするのでしょうね。八十八さんは、知らない方がいいことです――」

そう言った土方の目は、この上なく冷たい光を宿していた。

――いったい、何を考えているのか？

気にはなったが、それを問い質すことは、自らの身を滅ぼすことにつながるような気がした。

「もたもたしてないで、さっさと行くぞ」

浮雲は、急かすように声をかけてくる。

八十八は、釈然としない思いを抱えながらも、お初に会釈し、伊織と頷き合ってから、浮雲のあとを追って歩き始めた――。

その後

八十八が、浮雲が根城にしている神社に足を運んだのは、小山稲荷での一件から五日後のことだった――。

「こんにちは」

声をかけながら社の中に入ると、浮雲が退屈そうに腕を枕にごろんと寝転んでいた。

その傍らで、黒猫も丸くなって寝息を立てている。

「何だ。八か――」

浮雲は、億劫そうに身体を起こす。

赤い双眸は、やはり美しい。

「それで。今日は、何の用だ？」

浮雲は、瓢の酒を盃に注ぎながら訊ねてきた。

「三川屋さんから、礼金を預かっていまして――」

八十八は、浮雲の前に座ってから、預かっていた礼金の入っている袋を差し出した。

浮雲は、奪うように袋を手に取ると、中身を確認して、にやりと笑みを浮かべてみせる。

やはり守銭奴だ。

事件は一件落着となったが、八十八にはまだ引っかかることがあった。

「あの……」

「何だ？」

浮雲が、ぐいっと眉を吊り上げながら聞き返してくる。

「あの武士たちは、どこに行ったのですか？」

あの一件以来、武士たちは忽然と姿を消してしまった。見つかった死体についても、うやむやになったままだ。

お陰で、直満は御上から詮議を受けることはなかったようだが、やはり気になってしまう。

「歳三も言っていただろう。お前が知る必要のねぇことだ」

浮雲は、いつになく怖い顔で言った。

「しかし……」

「しかしもへったくれもねぇ。黙っていれば、それで仕舞いだ」

「本当に、それでいいのですか？」

「さあな」

浮雲は、肩を竦めるようにして言うと、盃の酒をぐいっと呑んだ。

「そんな無責任な……」

「何が無責任なものか。こういうご時世だ。余計なことに首を突っ込めば、要らぬ疑いをかけられるのは、お前の方だぞ」

浮雲が、緋色の瞳で八十八を睨み付けた。

八十八の言葉を封じ込めるだけの強さがある眼だった。

「騒がんでも、そのうち嵐が来る」

しばらくの沈黙のあと、浮雲がぽつりと言った。

「嵐――ですか？」

「そうだ。日の本全体を呑み込んじまうような、大きな嵐だ――」

浮雲の言葉は、まるで予言のようだった。

「それって、どういう意味ですか？」

「そのうち分かるさ」

そのうちとは、いったい何時のことだろう？

それに、八十八が気にかかっているのは、武士たちの行方だけではなかった。

――狩野遊山。

あの男は、いったいどこに消えたのだろう？

そして、浮雲と狩野遊山との間には、いったいどんな因縁があるのだろう？

京の都で、何かがあったらしいことだけは分かったが、それが、いったいどんなものだったのか――八十八は、それが気にかかっていた。

だが――。

問い質すことはできなかった。

浮雲の放つ気配が、八十八の抱えた疑問を、口にするのをためらわせていたからだ。

「さて――」

やがて、浮雲が立ち上がると、墨で眼を描いた赤い布で、両眼を覆い始めた。

「どこかへ行くのですか？」

八十八が問うと、浮雲がにいっと笑みを浮かべた。

「金も入ったことだし、丸熊に顔を出そうと思ってな」

「でしたら、私も行きます」

八十八が申し出ると、浮雲は、しばらく思案したような表情を浮かべたあと、「好きにしろ」と告げ、そのまま社を出て行った。

あとを追いかけた八十八は、社を出たところでふと足を止めた。

雲が低い。

今にも、ひと雨きそうな怪しげな空だ。

――そのうち嵐が来る。

浮雲の、さっきの言葉が脳裏を過る。

おそらく、嵐というのは、単純に天候を指していたのではないだろう。うまく、言葉にできないが、何かとてつもなく大きな混乱が、すぐそこまで押し寄せている――八十八には、そんな風に思えた。

「何してる？　行かねぇのか？」

前を行く浮雲が、振り返りながら声をかけてきた。

「あっ、すぐに行きます」

八十八は、慌てて浮雲を追いかけた――。

あとがき

『浮雲心霊奇譚　白蛇の理』を読んで頂き、ありがとうございます。

「浮雲心霊奇譚」のシリーズも、早いもので四作目を文庫化することができました。

これも一重に応援して下さった皆様のお陰です。この場を借りてお礼申し上げます。本当に、ありがとうございます。

読んだ方は、お分かりだと思いますが、本作は蛇、猫、狐と動物にまつわる三つのお話で構成されています。

シリーズが始まった当初から、いつか動物をからめたお話を書こうと思っていながら、ついつい失念してしまっていて、四作目にしてようやく書くことができました。

最初に登場する蛇は、私がもっとも苦手とする動物です。生まれ育った山梨県で、あぜ道を歩いていて蛇に出会し、必死に逃げた覚えがあります。そうした記憶が、作品の中に投影されている気がします。

二番目の猫は、私がもっとも愛する動物です。家でも二匹飼っています。愛情が深すぎるが故に、あまり怖くできなかった――と少々反省しています。

最後のお話は、実際に狐は登場しません。狐を出すよりは、狐憑きという現象の方が、物語として面白いと考えたからです。

こうして、動物にまつわるお話を書いてみて、江戸の時代は、現代よりも、動物や自然が密接に繋がりを持っていたように感じられました。

我々が忘れかけたものが、そこにあるように思えてなりません――。

さて、次はどんなお話を書こうか？

待て！　しかして期待せよ！

天然理心流心武館館長、大塚篤氏には
取材に全面的に協力いただき、大変お世話になりました。
この場を借りて、お礼を申し上げます。

神永学

初出誌「小説すばる」

「白蛇の理」二〇一七年五月号
「猫又の理」二〇一七年八月号
「狐憑の理」二〇一七年十一月号

この作品は二〇一八年二月、集英社より刊行されました。

集英社文庫　神永学の本

浮雲心霊奇譚
菩薩の理

赤子の霊におびえる男の依頼を受けた浮雲。
怪異には、男が旅人から預かった
黄金の菩薩像が関係しているようで……。
無敵の少年剣士・沖田宗次郎が登場!
尊皇攘夷の気運高まる江戸で、
浮雲が謎を解き明かす。シリーズ第３弾!

[S] 集英社文庫

浮雲心霊奇譚(うきくもしんれいきたん) 白蛇(はくじゃ)の理(ことわり)

2020年2月25日　第1刷　　定価はカバーに表示してあります。

著　者　神永(かみなが)　学(まなぶ)

発行者　徳永　真

発行所　株式会社 集英社

東京都千代田区一ツ橋2-5-10　〒101-8050

電話　【編集部】03-3230-6095

【読者係】03-3230-6080

【販売部】03-3230-6393(書店専用)

印　刷　凸版印刷株式会社

製　本　凸版印刷株式会社

フォーマットデザイン　アリヤマデザインストア　　マークデザイン　居山浩二

ISBN978-4-08-744076-8 C0193